KB167475

Aléa 1   **따로 쓰게 된 방**

강남주

따로 쓰게 된 방

풍장의 꿈 ——

서울 사는 딸아이가 전화를 했다. 애비 사는 게 궁금해서 한번 오겠다는 것이다. 갑작스럽다. 그렇지만 반가운 전화다. 수원에 있는 제 남동생까지 데리고 오겠다고 한다.

그동안 뜨악했는데, 무슨 급한 일이라도 생겼나? 갑작스러워 의아스럽긴 해도 온다니 좋다. 그러면서도 자꾸 웬일인지 걱정스러워지기도 했다. 걱정은 아무래도 노파심 탓이겠지. 어떻든 떨어져 사는 자식들이 온다니 기분은 좋다. 내 생일 때에도 바쁘다고 못 오고 제 어미 제사 때도 바쁘다고 못 왔던 것들이 아닌가.

학교 선생이 그렇게 바쁜지 몰랐다. 회사에 다니는 제 동생이야 일요일도 없이 일할 때도 있어 그렇겠지만. 어떻든 혼자 사는 애비에 관심이 덜해서 오지 않았던 것이겠지. 나는 생각만 그렇게 하고 있었을 뿐이다. 속마음을 털어 보이자면 자식들 하는 짓이 섭섭하지 않을 수 없었던 것이 사실이다.

하기야 쉬는 날이 있으면 애비 찾기보다는 제 새끼들이랑 시간을 보내는 게 옳겠지. 늘 그렇게 생각하며 섭섭한 감정을 억지로라도 다독거려 왔던 터다. 그런데 느닷없이 찾아온다는 게 아닌가.

어떻든 애들이 온다는 것은 물 아래 가라앉아 있는 것 같은 내 생활의 적요를 흔드는 일이다.

느닷없이 온다니 다시 생각해도 뭔가 이유가 있을 것 같은 기분이다. 늙고 지친, 그러면서도 혼자 사는 나만의 적적한 안온함. 애들이 오면 내 일상의 물통 안 고요가 어쩐지 흔들릴 것 같은 예감이 든다.

그래도 속으로는 은근히 애들이 한 번 왔다 갔으면 하고 기다렸던 터다. 산꼭대기 봉화처럼 피어오르던 자식에 대한 그리움 같은 것을 어쩌지 못해서였다. 그러면서도 한편으로는 마음을 어지럽히는 부질없는 노파심은 털어버리자고 머리를 설레설레 흔들었다.

평소에는 귀찮아서 잘 개지도 않는다. 그런 이부자리를 오늘은 오랜만에 반듯하게 접었다. 그리고 방 가장자리에다 밀쳐놓았다. 며칠 만에 한 번씩 헐떡이며 대충대충 걸레질하던 방도 오늘은 깨끗하게 훔쳤다. 애들에게 영감 냄새, 홀아비 냄새가 저려 있는 너저분한 꼴들을 보이기 싫어서였다. 그러나 그만한 일에도 이마에 땀이 송송 솟았고 숨이 찼다.

보통은 아침식사를 때늦게 한다. 천천히, 그리고 쉬운 대로 적당히. 그러고 나면 식곤증인지, 졸린다. 졸리면 그대로 한숨 잔다. 잠에서 깨어나 눈을 뜨면 보다가 습관처럼 밀쳐두었던 책을 들고 앉는다. 이내 눈이 침침해진다. 집중력도 옛날 같지 않다. 껌벅이는 시선이 겨우 몇 줄을 따라가면 또 졸음이 행간을 비집고 눈곱처럼 끼어든다. 나이 들면 잠이 많아진다더니, 실증실험이라도 하는 것 같다.

책의 행간에 머리를 박으며 한참을 꾸벅거리다 보면 해는 중천을 지난다.

뭐 바쁜 일이 있다고 서두를 것인가. 어슬렁거리며 밖으로 나가서 여기저기 입맛을 돋워줄 만한 곳이 있는지 기웃거린다. 점심 겸 저녁으로 추어탕에 소주 한잔을 곁들인다. 그러면 잘 보낸 하루가 마감된다. 추어탕이 지겨워지면 낙지볶음으로 바꾸기도 한다. 끼니를 해결하고 식당 문을 나서면 어느덧 밖은 어둑할 때도 더러 있다. 전깃불로 갑자기 환하게 단장하기 시작하는 거리를 돌아오며 어수선한 생각들을 주워 모아본다.

소주는 언제나 그렇듯 아릿하게 전신에 퍼질 때쯤 돼서야 사람을 편안하게 해 준다. 돌아와 아침에 그냥 밀쳐뒀던 잠자리를 펴 그 속으로 들어가면 나의 하루는 두 다리를 쭉 뻗고 마감된다.

오늘은 아이들이 온다기에 집 밖으로 나가서 어슬렁거리지는 않았다. 시간을 콕 찍어 말해주지 않아 언제 도착할지 몰라서였다. 그래서 식사는 아침에 먹고 남아 있던 밥으로 때웠다.

요새 젊은것들은 젊은 날의 우리 이야기라면 입만 달싹해도 미간부터 먼저 찌푸린다. 무조건 질겁이다. 그때는 그때고 지금은 지금인데 귀에 딱지가 앉을 정도로 자주 들어 지겹다는 표정을 감추지 않는다.

그래도 할 말은 해야 한다. 그게 지랄 같은 고집인지 알 수 없지만. 젊은 날 우리가 목숨을 걸어놓고 시체를 뛰어넘던 진짜 지랄이 없었다면 언감생심 지금이 있을 수 있겠는가. 낙동강 전투에서 죽을 고비를 넘기며 우리가 모두 미쳐버렸던 때가 없었더라면.

그런 내력을 모르는 천둥벌거숭이 저 젊은것들이 어떻게 우리들의 젊은 날을 속속들이 다 알아. 그런 공포와 죽음을 뛰어넘은 정말 기막혔던 이야기는 듣기 싫어도 반드시 들어야 하는데.

저것들은 어렸을 때 변기에 소변을 본 뒤 빨리 물을 흘려 내리지 않는다고 질색을 했었지. 두 번 본 것쯤 모아서 함께 내려야지. 옛날과는 달리 요즈음은 물도 돈 주고 산다는 생각을 하지 않으니까 그럴 수도 있으려나.

참 시시하게 들리거나, 설화 속에서나 나올 듯한 귀신 떡 먹는 소리처럼 들릴지 모르지만 우리는 전쟁 통에도 잡초로 뒤엉긴 쑥대밭 속에서 살아남았다. 그러려니 때로는 쥐도 뱀도 잡아먹고 아낄 것만 있다면 뭐든지 따지지도 않고 다 아꼈다. 그래야 살 수 있었다. 그 버릇 몸에 붙어 아직껏 영 떨어지지 않고 있다. 절약이 고질로 도져 물 한 방울이라도 허비하지 않아야 수도요금 한 푼이라도 아낄 수 있지.

요새 것들은 절약이란 걸 도무지 몰라. 그러니까 해가 중천인 한낮에도 전깃불 끌 생각을 않지. 저런 것들 때문에 전쟁이 나면 어쩌는지 꼴을 한번 봤으면 싶지만, 전쟁이 장난도 아니고, 연습도 아니니까 그럴 수도 없는 일이고, 갑갑하지.

우리는 구멍 뚫린 탄흔의 누더기를 몸에 걸치고, 주검 곁에서 속이 텅 빈 배를 안고 뒹굴었잖아. 깨끗하고 더럽고가 어디 있어. 호사쟁이들이나 하는 말이지. 그건 그때 일이고, 지금이 그런 때냐고 젊은것들은 얼굴이 벌겋게 변하지.

그런 세상을 살다 보면 모질어지고 깍쟁이 삶을 살 수밖에 없게 된단 말이야. 그러지 않고선 어떻게 자식들을 대학까지 보냈겠어. 대학 다니며 아르바이튼가 뭔가로 몇 푼 벌어 썼다고는 하지만 그게 뭐 다 애비 못난 탓이란 말이야. 그런 애비 덕에 어떻든 지금 월급쟁이라도 하잖아.

여하튼 사람이 제대로 살아가려면 눈이 십 리나 쑥 들어가도록 배도 고파 봐야지. 죽어봐야 저승을 알지 원. 겪어보지 않으면 설명으로는 안 되는 일인걸. 천둥벌거숭이 같은 것들이 자라서 그래도 착실한 봉급생활을 하고 있으니 고맙긴 하지만. 그것들이 느닷없이 온다니 왜 오는지 궁금할 수밖에.

철모가 벗겨진 줄도 몰랐다. 그런 상태로 수류탄을 거머쥐고 산맥을 건너뛰던 야성이 내게도 있었다. 와중에서도 야전 병동 간호사에게 은밀히 느꼈던 연정의 역설이 내게도 있었다. 목이 터지도록 전선야곡을 부르던 눈물 어린 낭만도 있었다.

그러나 강산은 그 뒤 몇 번이나 바뀌었다. 세월에 시달려 늙어가며 소주 한잔 걸치고 터벅거리는 저녁 무렵의 귀가, 허망함만이 하염없는 나와 동행할 뿐이다. 이 나이에 이르고 보면 제 살길로만 뛰고 있는 자식이란 빛이 바래버린 한갓된 장식품에 다름 아니다.

늙으면 할멈이 젤 의지할 수 있는 친구다. 그러나 그마저 하늘은 내게 무한정 특혜를 주지 않았다. 할멈이 먼저 떠난다는 것은 인생

행로를 달리던 달구지의 바퀴가 하나 엉뚱하게도 먼저 빠져 앞서 어디론가 굴러 가버린 형국이 된다. 그것은 쓸쓸함이다. 굴러가지도 못한 채 달구지가 겨울 들판의 황량한 풍경화 속에 서 있는 을씨년스러운 것이 나의 모습이다.

식당에서 나왔다가 생각에 잠긴 채 터벅거리며 돌아온다. 그러다 얼굴을 들어보면 생소한 풍경이 갑자기 눈앞에 열린다. 네온사인에 반사된 좌우가 도무지 낯설기만 하다. 이 길이 내가 늘 오가는 길인가? 저 건물이 늘 저기 저렇게 있었나? 젊은 날 술에 절인 밤늦은 귀가 때 가끔씩 느꼈던 그 낯설었던 방향감각. 갑작스러운 낯섦이 새삼 사람을 어리둥절하게 한다. 온통 색깔로 분탕질한 눈부신 조명 탓인가. 아니면 생각에 빠져 내가 옆길로 들었나? 두리번거린다.

"청년! 말 좀 물어봅시다."

스치 지나가려던 청년이 급히 선다. 그리고 꾸벅 인사를 한다. 내게 인사를? 나는 모르는 청년이다. 그에게는 내가 낯익은 사람이었을까. 혼자 곧잘 주위를 두리번거리며 터벅터벅 걸어가는 초라한 내 모습을 자주 본 아파트 단지 내에서 살고 있는 청년이었을까.

"여기, 이 근처 금강산 아파트가 어디 있지?"

이방인 같은 질문에 청년은 의아한 표정이다. 어둠을 가로질러 반사되는 불빛에 그의 표정이 역력하다. 역시 내겐 낯선 얼굴이다. 그 청년은 내가 가고 있던 앞쪽 방향을 손을 들어 가리킨다. 청년이 가리킨 길이 금강산 아파트로 가는 길이라면 내가 늘 다니던 길일

텐데, 금강산으로 가는 길도 아니고, 금강산 아파트로 가는 길이 정말 낯설다.

머리에 잡념이 가득 차 방향감각이 상실된 것일까. 분별이 미망의 상태에 빠져버린 탓일까. 아니면 같은 거리, 같은 풍경일지라도 시간에 따라 엉뚱해 보이는 것이 사물에 대한 인지교란 현상인지도 모를 일이다. 그럴지도 모르지. 이 나이가 되면 아무래도 총기가 흐려지고 순간적 판단도 내리막이겠지. 거기에다 소주 한잔이 나를 잡념으로 몰아넣었고, 사는 일 자체가 심드렁해서 판단력도 이렇게 스산하게 됐겠지.

애들은 기다리던 시간에서 빗나갔다.

그날이 다 가고 다음 날인 토요일 아침에야 현관의 벨이 울렸다. 그 소리가 침침한 방 안의 공기를 흔들었다. 그렇지만 괘념하지 않았다. 기척에 잠자리 속에서 아직 비몽사몽, 눈을 부스스 비볐다. 애들이냐- 하고 길게 물으며 몸을 돌려 무릎을 짚고 일어났다. 문을 따자 애들이 뭘 손에 들고 들어섰다.

"어제 올 것 같더니 어찌 이른 새벽에 왔냐?"

애들은 고개를 숙이더니 그냥 웃는 것 같다. 얼굴에 피곤함이 서려있다. 꼭두새벽을 달려서 지쳐 그렇겠지.

"외손자, 아, 그놈 이름이 뭐더라, 그놈 잘 크냐? 학교는 어쩌고 왔냐?"

갑자기 생각이 나지 않아 외손자 이름이 뭐냐고 묻자 딸아이는 움찔 제 동생을 바라본다. 내 질문은 구체적인 대답이 필요한 것은 아니었다.

"예-."

대답도 마찬가지였다. 질문도 대답도 이럴 때는 그냥 대화를 잇는 한 부분일 뿐이다.

"큰 애야, 니는 그렇게 바쁘다면서? 밤늦게까지도 일할 때가 많다면서? 그 회사에서 니가 하는 일이 뭐라고 그랬냐?"

아들은 외동이다. 그런데도 큰아이로 불렸다. 어째서 그렇게 부르게 됐는지는 기억이 없다. 아이들은 둘 다 명료한 대답 대신 내 질문에 그냥 어물거리고 만다. 자세히 설명해도 건성으로 들을 것이 뻔해서 그랬을까. 직장 일은 구체적으로 설명해 봤자 어차피 알 수 없으리라고 짐작해서 그러는 것인지 모르겠다. 어물쩍하는 것은 꼭 물어야 할 질문과 들어야 할 대답은 따로 있다고 생각해서 그런지도 모른다.

애들은 나를 똑바로 보지도 않고 들고 온 것부터 끄른다. 집 근처에서 파는 죽이다. 요즘 한창 잘 팔리는 것이고 나도 가끔씩 사 먹는 것이다. 따뜻하니 그것부터 먼저 잡수라고 한다. 이른 아침 탓이겠지. 식욕도 그렇고, 표정들도 그렇고 아직은 모두가 미명이다.

애들의 돌연한 방문 목적은 간단했다. 혼자서 힘들게 사는 애비를 위해 자식으로서 편히 모실 대책이라도 마련해 보기 위해서라고 했다.

"대책이라니 고맙다. 그런데 느닷없이 웬 대책이냐?"

거두절미하면, 요양 시설 같은 곳에라도 들어가서 편히 살면 좋겠다는 제안이 핵심이었다. 곁다리 이유들을 모두 걷어내면, 나도 편하게 살고 저희들도 편하게 살고 싶다는 것이다.

이 제안은 딸아이의 입에서 먼저 나왔다. 잠깐 정적이 흘렀다. 그 사이 큰아이는 무표정이었다. 뜻밖의 제안이어서 나는 금방 답할 준비가 돼 있지 않았다. 일순 방안은 침묵만 출렁댔다. 그 공기가 부담스러웠는지, 애들은 힐금거리며 서로의 얼굴을 바라봤다. 뭔가 눈을 맞추는 것일까. 아니, 어쩌면 감동도 충격도 없는 내 반응에 당황해서 그랬는지도 모르겠다.

살아가기 쉬운 일이란 세상에 하나도 없다. 제때 끼니 챙기는 일, 빨래하는 일, 가끔은 가스 밸브를 제때 잠그는 일마저도 그렇다. 가끔씩 정신이 휘발하는지 라면 사러 나섰다가 현관문을 잠그지 않은 것 같아 발걸음을 되돌리기도 한다.

여든 문턱에서 혼자 터덕거리며 라면을 사러 나간다는 건 쓸쓸한 일이고, 무릎 아픈 일이다. 혼자살이는 아무래도 때 묻은 옷가지처럼 후줄근하다. 아무 볼일도 없으면서 때로는 여자가 그리우니 참 딱한 노릇이다. 그런 삶을 다독거리며 억지로라도 끌고 가기 위해서는 요새 유행하는 그 요양 시설이나 요양병원 같은 곳이 훨씬 편할지 모른다.

내가 순간적으로 그런 생각을 하는 동안에도 방안의 안개는 걷히지 않았다. 아이들에게는 그런 공기가 부담스럽고 당황스러웠을지 모르겠다. 소통이란 늘 쌍방보다 일방적인 이해가 선행해야 하는데 내가 깜깜하니까 그럴 수밖에 없을지도 모른다.

애들은 분위기가 어색했을 것이다. 그러나 그게 내게는 전혀 어색하지 않았다. 사선을 넘은 역전의 용사에겐 전쟁보다 더한 충격이란 그렇게 흔하지 않다. 입을 닫고 생각에 잠겼던 순간이 아이들에겐 의외였고 그래서 놀랐을지도 모른다. 묵언으로든, 구체적 말의 표현이든 순간적 소통의 차단은 착각을 일으킬 수도 있다.

그동안 요양 시설 같은 곳에 가는 게 좋다는 생각은 한 번도 해 봤던 일이 없었다. 그러나 지금 들으니까 허무맹랑한 발상은 아닌 것 같다. 아이들은 이미 이 문제를 두고 서로 교감이 있었던 것 같다.

아파트를 팔아 요양 시설로 옮기면 돈 걱정은 하나도 없다는 것이 애들의 설명이다. 지금 받고 있는 퇴직 교사 연금과 참전용사 보훈연금이면 얼마든지 여생을 편히 살 수 있으니 혼자서 고생하며 살 이유가 없다는 것이었다.

건강이 좋지 않아 요양병원에라도 가면 간병인과 간호사도 늘 대기해 있고 병이 나면 보훈병원에서도 즉각 의사의 치료를 무료로 받을 수 있으니까 건강 걱정은 하나도 할 필요가 없다고 했다. 요양비도 국민의료 보험공단과 연계하면 개인 지불액은 거의 없다고 설명했다.

들으니까 정말 그렇다. 많이 연구해서 온 것 같다. 고맙다. 요양 시설에서 이런 정도로 생활할 수 있다면 만약 내게 무슨 탈이 나도 아이들이야 걱정할 것 하나도 없겠지.

지금 서울에서는 괜찮은 노인요양 시설에 들어가기란 하늘의 별 따기라고들 했다. 목욕도, 세탁도, 건강진단도 매우 규칙적이기 때문에 그런 시설에 들어가기만 한다면 불편함이란 전혀 없어 점점 희망자가 늘어나는 추세라는 것이다. 앞으로는 여기도 그렇게 될 테니까 진작 옮기는 것이 편할 것이라고 했다.

들고 보니 그런 것 같다. 다시 고맙다. 저희들 편하자고 하는 허튼 소리는 아닌 것 같다. 요즘 뉴스에서도 비슷한 내용이 가끔씩 보도되기도 한다. 들으면서 생각해도 걱정하는 애들이 대견스럽다.

늙으면 병원 가까운 곳에서 살아야 한다. 언제 갑자기 쓰러지는 일이 생겨도 병원으로 곧장 옮겨 갈 수 있어야 한다. 이른바 황금시간이 확보되어야 하기 때문이다. 통신수단을 즉시 활용할 수 있어야 비상연락도 가능해지고 그래야 긴급구조도 가능해진다. 할멈은 어차피 먼저 갔더라도 주위에 말벗은 있는 게 좋다. 말벗이 있어야 치매예방에도 도움이 되기 때문이다.

요양 시설이라면 이런 문제를 모두 해결해 준다. 이웃에 늘 사람들이 있어 적적함도 면할 수 있는 곳이다. 문 닫고 돌아누워 있으면 까닭 없이 처량해지는 아파트와는 비교도 할 수 없다. 비록 저녁노을처럼 금방 사라질지 모르지만 그 잔광 속에서라도 서로 보며 웃음을 나눌 수가 있지 않겠는가. 그렇게 말벗을 만들어 함께 살며 시간을 보낼 수 있는 곳은 혼자 갇혀서 사는 아파트와 어찌 비교할 수 있겠는가.

비록 이런저런 불편함이 완전히 해소되는 것은 아니더라도 홀아비 사정은 과부가 알고 과부 사정은 홀아비가 안다. 늙고 병들고 외로운 사람들끼리 모여 사는 곳, 노인요양 시설은 사람들이 생각하는 것처럼 고독으로 된 무덤은 확실히 아닐 것 같다. 서로의 정서가 교감되는 곳이기에 사막 속의 용설란 같은 살벌함은 거기에는 없으리라.

고독은 사막의 방울뱀 방울 소리 같은 맹독성의 예보다. 그 그림자다. 고독은 용설란 사이로 엄습하고 귀신도 모르게 슬그머니 늙고 병든 사람을 쏜다. 독침을 쏘고는 사람을 잡아가는 그 병명은 모른다. 그래서 그냥 고독사라고 불러버린다. 고독사는 구체적 진단명이 붙는 다른 질병과는 병명부터 차이가 있다. 싫다. 그런 병으로 죽는 것은 싫다.

아이들이 구체적인 설명을 하지는 않았다. 그러나 요양 시설로 옮기자는 의견이 구체적으로 나온 것은 나에게 치매증상이 있다는 소문에서 비롯되었다. 처음엔 요양병원을 생각했다가 좀 부드럽게 표현한다는 게 요양 시설이었다.

애들의 가장 큰 걱정은 내게 치매증상이 나타나면 간병할 사람이 없다는 것이었다. 그런 판에 혼자 살게 내팽개칠 수는 없는 노릇이라고 판단했던 것이다. 요양병원이었건 요양 시설이었건, 둘러치든 매치든 생각은 합리적이다. 나도 그럴 경우 요양 시설로 가는 것이 여생의 짐을 가볍게 하는 것이란 생각에는 이의가 없다.

그러나 분명히 말하지만, 그 일은 그 일이고 나는 아직 치매증상은 없다. 혹시나 하고 치매를 걱정하고 있을 뿐이다. 솔직히 말하자면 그런 증상이 어느 정도 있기로서니 남에게까지 걱정을 끼칠 지경까지에는 이르지 않았다. 나 자신에게 불편한 것도 전혀 없다.

어쩌다 한 번씩 기억이 가물거릴 때가 있긴 하다. 그러나 삼십 대때에도 깜박깜박 뭘 까먹는 일이야 있고 또 있었다. 그런 정도를 두고 금방 치매증과 연결시켜버려서는 안 된다. 나 스스로는 전혀 인정할 수 없는데도 자식들이 먼저 치매를 걱정하다니, 그렇다면 그건 웃기는 일이고 수긍할 수 없는 일이다.

그렇다. 그러나 그런 알지도 못하는 증상을 두고 아이들이 지레 겁먹고 나를 치매로 의심한다면 그건 아무리 좋게 생각해도 효도를 행하는 것 같지는 않았다. 약간은 정도를 넘어선, 어쩌면 부질없고 지나친 걱정인지도 모른다.

치매가 보통 병인가. 인간을 완전 폐물로 만들어버리는 대표적인 노인의 질환이 아닌가. 본인은 증상을 감지하지도 못하면서 주위 사람을 가만히 두지 않는 증상. 통증도 없이 본인을 망가뜨려 버리고 주변까지 초토화시키는 그런 증상. 본인은 직접적인 고통을 감지하지 못하면서 서서히 망가져 버리는 병이기에 치매를 '병'이라 하지 않고 '증상'이라고 말하지 않는가. 치매라고 하면 너무 노골적이어서 은근슬쩍 인지증이라고 하지만 그게 그거 아닌가.

어떤 예단을 가지고 나에게 그런 증세가 있다고 치부해버리는 건 싫다. 아무리 이해하려고 해도 아무렇지도 않게 받아들여지지 않는다. 기분 좋은 일은 아니다. 생각할수록 먹먹해지는 기분이다.

아이들의 입장을 모르는 것은 아니다. 호미로 막을 수 있는 일이 자칫 방심하다가는 가래로도 막기 어렵게 될 수가 있다. 효자 소리를 들을 수 있는 일을 실기해버리면 불효막심으로 주위로부터 손가락질 당할 수도 있다. 애비가 치매증이 우려된다면 이런 일이야 당연히 진작 서둘러야 한다. 그러나 나는 아니다. 언젠가 그런 증상이 나타날 수도 있겠지만 지금은 아니다.

최근에 들면서 부쩍 잊음은 흔하다. 그것을 인정한다. 그러나 그것은 두뇌의 노화 현상인 건망증일 뿐이다. 여든 줄에 들어섰음에도 생각이나 행동거지나 기억이 저들과 같다면 그게 도리어 이상한 일이다. 건망증을 치매로 봐서는 안 된다. 알츠하이머병이다, 인지증이다, 뭐다 하고 구체적으로 진단명을 붙일 수도 없으면서 치매로 추정하는 것은 무리다. 신문에도 그런 기사를 가끔 본다.

지금은 늙어서 그렇지 기억력으로 말하자면 나도 한가락 했다. 해방 전부터 머리 쓰는 일에는 큰소리깨나 쳤다면 친 축이다. 기억력 하나는 누구에게도 뒤지지 않는다고 믿어왔던 터이니까 말이다. 제 자랑 같지만 기억력이 괜찮다고 믿어도 좋을 만한 것 몇 가지만 조목조목 열거해 증명해 보이겠다.

해방 후 중학교에 다닐 때는 일본 책을 뺏어버리면 별다른 참고서가 없었다. 당시 유일한 최고의 영문법 참고서는 일본인 오노케이지로라는 사람이 쓴 '소야영문법'의 번역판이었다. 그 책을 나는 소처럼 통째로 외웠다. 지금도 대부분은 화석이 되어 내 머리 속에 그때의 기억이 흔적으로 남아 있다.

예컨대 88페이지에는 능동태와 피동태가 있다. 능동태를 피동태로 고치려면 be동사+동사의 p.p.가 공식이다. 실제 예문은 'I write a letter'가 피동태로 되려면 'A letter is written by me'가 되어야 한다는 따위다. 70년이 다 되도록 문장까지 하나 틀리지 않고 기억하고 있지 않은가. 믿기 어렵다면 지금이라도 어디 오래된 도서관에 가서 그런 책이 있는지 확인해 보면 안다. 6·25 전후 언젠가 출판된 '소야 영문법'이 그 책이다. 박물화 되다시피 했을 테니까 새로 문을 연 도서관에는 없을지도 몰라.

기억에 남은 것은 아직도 있다. 직접화법과 간접화법이 그렇다. 구차하게 예문을 들지는 않지만 같은 책 112페이지를 뒤져보면 내 기억력을 확인할 수 있을 것이다.

딸을 만난 순간 손자의 이름이 깜빡 생각나지 않았던 것은 사실이다. 그러나 그것은 순간적인 잊음일 뿐이다. 결코 치매와 관계있는 것은 아니다. 그런 현상은 젊은이에게도 있다. 그런 걸 치매와 연결시켜 생각할 수는 없는 일이다.

집중력에 문제가 있다고? 천만의 말씀. 지금도 신문을 읽고 있을 때 곁에서 누가 뭐라고 해도 기척을 모른다. 그것은 내 말이 아니다. 내가 신문을 읽고 있을 때 내게 말을 걸었던 사람들의 얘기다. 눈을 감고 명상에 잠길 때면 삼라만상이 정적 속에 빠져든다. 스스로 적멸의 상태에 들어간다는 말이다.

이런 게 정신집중 없이 가능이나 한 일이겠는가. 이런 사람을 집중력 상실이라느니, 치매증상이 있다느니 하고 입방아 찧다니. 도무지 말이나 되는가.

나이가 나이인 만큼 가끔 터무니없는 농담은 한다. 실없는 농담일 수는 있다. 그러나 그마저도 기억력이나 집중력 없이는 되지 않는 농담이려니 생각한다.

아침에 눈을 뜬다. 그리고는 할멈에게 명함을 주며 '사모님 앞으로 자주 뵙겠습니다.' 라고 인사한다. 그러면 할멈이 엉겁결에 명함을 받아들고는 기가 찬 표정으로 웃는다. '이 영감탱이가 노망이 단단히 들었네' 그리고는 한바탕 웃는다. 물론 할멈이 살았다고 가정하고 주위 사람들에게 그냥 해보는 말장난일 뿐이다. 이런 농담을 들었던 기억 혹은 집중력 없이는 이런 농담을 재현 할 수 있겠는가.

이게 정말 노망인가, 이게 정말 치매 현상인가. 이런 해학적 드라마를 생각해 내는 일도, 실없지만 말장난을 꾸며내는 것도, 치매증은 말할 것도 없고 정신없는 사람에게는 불가능한 일이 아니겠는가.

물론 혼자 살다 보면 울적할 때도 있다. 그럴 때는 우두커니 앉아있기가 일쑤다. 있다 보면 공연히 우울해진다. 우울증이 치매증을 유발하는 요인이라고도 한다. 그러나 살아 있는 사람, 지각 있는 사람치고 희열감이나 우울함을 느껴보지 않는 사람이 어디 있겠는가. 울적하거나 우울하거나, 공연히 기뻐지는 것은 살아있는 사람의 여러 느낌 가운데 하나일 뿐이다. 그렇기에 우울하다는 것은 살아있음의 증거다.

이런저런 생각을 하다 보면 손가락과 손톱 사이의 거스러미를 뽑기 위해, 또는 이물질 같은 것을 뜯어내려고 손톱 근처를 물어뜯을 때도 있다. 이런 행위는 우울증 환자의 증상 가운데 하나라고 한다. 그랬기로서니 내가 그런 환자의 전조현상을 보이기 시작했다고 단정할 수 있는가.

식욕이란 있을 때도 있고 없을 때도 있다. 그렇다고 거식을 하거나 폭식을 하는 것은 아니다. 일단 사람을 치매 환자로 의심하게 되면 먹는 것도 경우에 따라서는 거식이나 폭식으로 비친다. 공연히 짜증을 내거나 화를 내는 사람으로 보일 수도 있다. 나이가 있으니 떨던 바지런도 숙지근해지고, 취미에 대한 관심도 덜할 수 있다. 젊을 때 같으면 몰라도 매사에 자신감이 떨어지는 것은 당연하지 않은가.

혼자 살면 아무래도 대인관계가 줄어든다. 그만큼 소외감은 늘어난다. 젊을 때와는 달리 매사에 자신이 없어지고 일에 대한 판단마저 멈칫거린다. 사람 만나는 일도 드문데 구태여 깨끗한 옷을 챙겨입을 필요가 있겠는가. 그런 행색이니 남에게 추레하게 비치는 것이야 숨길 수 있으랴.

내가 하는 짓이나 행색이 우울증이나 치매증 환자로 비칠 수 있을지 모르겠다. 누군가가 인터넷에서 우울증을 두드려 본다면 나는 영락없는 우울증 환자로 보일 것이다. 그렇다고 내가 정말 의학적 우울증 한자일까. 아니면 치매 초기증상을 보이고 있는 것일까.

모르겠다. 그러고 보니까 나도 모르겠다.

젊은 사람들은 이론을 중요시한다. 치매증에 대한 이론에 꿰맞춰 나의 일거수일투족을 슬로비디오 영상 장치라도 해서 분석해 보면 정말 환자로 보일 수도 있을 것이다. 맞다. 민주주의에 길들여져 자란 젊은 세대는 심지어 지금이 몇 시냐에 대해서까지도 다수결로 결정하자고 덤비지 않는가. 그런 다수결 원칙 맹신주의자들 눈으로 보면 나는 틀림없이 치매증에 붙잡혀 맛이 간 사람으로 보이겠지.

늦은 밤 혼자 터덜거리며 집으로 돌아오는 길이면 곧잘 잡념에 빠져든다. 그냥 가닥 없는 잡념이다. 그런 잡념 때문에 생각을 놓치고 걷다가 눈을 들어 보니 늘 다니던 길이 갑자기 낯설어 보인다. 같은 아파트 단지에 사는 이웃의 젊은이를 잡고 내가 살고 있는 집이 어느 쪽이냐고 묻는다. 그는 나를 알아봤지만 나는 그를 눈여겨본 일이 없다. 그런 그가 보기에는 내가 이상하다. 자주 보던 노인이 어느 날 갑자기 자기 아파트가 어디냐고 물으니 이상할밖에.

나는 멀쩡하다. 길을 물은 이유도 분명하다. 보통 사람들이 하는 짓에서 어긋난 것도 없다. 그러나 그 청년이 보기에는 멀쩡했던 내가 갑자기 길에서 자기 집이 어디냐고 물으니 내 행동이 이상하게 보일 수밖에 없었을 것이다.

그런저런 일들은 소문이 된다. 소문의 생리는 덧칠이다. 우리 금강산 아파트 몇 동에 사는 노인 누구는 요즘 하는 짓이 이상하다. 거식을 했다가 폭식을 했다가 한다. 혼자 우두커니 앉아 있는가 하면,

넋 나간 사람처럼 거리를 배회하는 일이 잦다. 그러다가 자신이 사는 아파트로 가는 길마저 잊는다. 그래서 같은 단지 안에 사는 젊은 이를 잡고 자기 사는 아파트가 어디냐고 묻는다. 엉뚱한 걸로 봐 치매가 틀림없다.

6·25 때 부상을 당했다더니 나이가 많으니 그것이 도져 치매가 일찍 온 것 같다. 소문은 그렇게 입에서 입으로 전해질 수 있다.

이런 일들은 마치 연날리기 대회 때의 연처럼 된다. 여러 가지 색깔로 꾸며져 하늘로 솟아오른다. 바람 따라 꼬리를 팔랑이며 날아다닌다. 바람은 사방으로 불어 서울 사는 아이들에게까지 소문으로 날아간다. 동정 섞인 그 소문에 악의가 있지는 않았겠지. 악의일 까닭이 없다. 그러나 혼자 사는 노인의 행색이 불쌍해 보였고 앞날도 걱정돼서 하는 소리일 수도 있다. 아들딸도 그런대로 제 밥은 먹으면서 봉급생활을 하고 있다. 그런데 노인은 혼자 저렇게 산다는 둥 비난과 동정하는 소리도 함께 나올 수 있다.

이런 소문을 들으면 아이들은 괴롭다. 이러다간 아버지가 가출을 해서 정처 없이 헤매다가 행방을 알 수 없게 될 수도 있다. 혹시 횡사라도 한다면 자식으로서 그 불효에 대한 비난과 도덕적 책임을 피할 수도 없게 된다. 그렇든 그렇지 않든 들려오는 소문에 귀를 막고 돌아앉아 있을 수도 없는 노릇이다. 고려장의 세상도 아니다. 자식의 도리를 하는 것은 차치하고 우선 언제 갑자기 어떤 불행한 일이 닥칠지 예상할 수 없다. 그렇기에 아버지의 소식에 불안하지 않을 수 없었다.

아버지를 지금처럼 혼자 살게 가만히 있을 수는 없는 노릇이다. 남매는 일단 대책을 논의했다. 그리고 아버지에게 가서 대책을 이야기하기로 했다. 역시 최선은 혼자서도 살 수 있는 방도를 마련하는 것이었다. 그게 뭔가. 가장 손쉬운 것이 노인요양시설 같은 데로 보내는 것이었다.

자식들이 애비를 팽개치지 않고 걱정해 주는 것은 고마운 일이다. 그러나 결코 기분에 썩 드는 일은 아니다. 걱정해 주는 것이 싫어서가 아니라 떠도는 소문을 곧이곧대로 믿는 태도가 맘에 들지 않아서 그렇다. 치매는 병원이나 보건소에라도 가보면 쉽게 밝혀질 수 있다. 그런데 나를 잠정적 치매증 환자로 취급하는 것이 맘에 들 수는 없다.

순서상 병원부터 가보자고 하는 것이 이치에 맞다. 그래서 건강 상태가 어떤지, 사와 물에 대한 인지의 정도는 어떤지 진찰부터 해보자는 것이 옳다. 그런데 요양 시설부터 입에서 끄집어내다니 경망스러운 짓이 아닌가.

내 나이가 이쯤 되면 나의 건강이 20대의 건강과 비교될 수는 없다. 그게 자연스러운 인생행로의 이치다. 나이가 이렇다고 금방 어디가 무너지거나 움직이지 못하는 것은 아니다. 그렇다면 어디가 어떻게 아픈지, 정말 치매증상이 있는지 알고 난 뒤에 요양 시설에 들어가든지 말든지, 주사를 맞든지 말든지, 지금처럼 이렇게 편안하게 혼자 살든지 말든지 할 일이 아닌가.

그런데 멀쩡한 사람을 두고 정신이 오락가락하는 치매증상이 있는 환자처럼 치부한다는 것은 자식이 애비에게 취할 태도는 분명 아니다. 그것도 소문만 듣고 지레짐작으로 그러다니.

하염없다. 아이들에게 불만만 터뜨리고 있을 일은 아니다. 나이가 여든 줄에 이르도록 살았으니, 오래도 살았고 병이 생길 만도 하다. 내가 치매와 아무 관계가 없다고 잘라 말하는 것도 억지를 부리는 짓인지 모른다.

나이 들면 뭐든지 자기 생각이 옳다고 우기면 안 된다. 아내가 살았을 때 자주 말하지 않았던가. 옳든 옳지 않든 젊은 사람들 말도 들을 줄 알아야 하고 그 내용도 꼼꼼히 되씹어 봐야 한다고 자주자주 들어왔던 터다.

나는 아이들에게 서울로 돌아가라고 했다. 우선 보건소나 병원에 가서 건강이 어느 정도인지 알아보고 연락하겠다고 했다.

정말이지 가끔씩 집으로 돌아오다가 길을 놓친 일도 있었다. 데우려던 음식도 깜빡하다가 태운 일도 있었다. 스스로는 일상생활이 지극히 정상적이라고 생각하지만 건망증이 잦은 것은 사실이다. 기억장애, 사고력, 추리력이 전만 못하고 온종일 입을 닫고 있어 그런지 언어능력도 전만 못하다. 때로는 우울하고 때로는 매사에 짜증스럽다. 취미생활이나 적당한 소일거리가 없으니 그러려니 하고 생각했을 뿐이다.

그런데 그게 아니다. 아이들이 돌아가고 난 뒤 먼지가 뽀얗게 앉은 백과사전을 뽑아 치매 항목을 찾아보았다. 지금 내가 겪고 있는 현상이 치매 초기 증상과 관계가 많다. 나 스스로 치매 초기 증상이라고 수긍하고 싶지는 않지만 백과사전은 그런 지적들을 하고 있다.

그렇다면 세상에 치매 초기증상을 보이고 있는 사람이 얼마나 많겠는가. 건망증만 있으면, 말이 어눌해지면, 모두 치매증을 우려해야 한다는 말인가. 현재 전국에 60만 명 이상이 치매증상을 보이고 있다고 한다. 그러니 치매증은 이제 희귀한 병은 아니다. 그것도 65세 이상이 대부분이라니 그보다 나이가 훨씬 많은 나만 예외라고 우기고 있을 수는 없다. 그게 어떻게 나만 비껴가란 말인가.

아내가 살았을 때 하던 말을 되뇌어 본다. 무조건 남의 말을 부정할 일이 아니라, 그럴 수도 있다는 생각을 해보는 것이 옳을 것 같다.

애들이 돌아간 뒤 이런저런 생각에 밤잠을 설쳤다. 내일 당장 치매증 검사를 받기로 마음을 정하니 심란했다. 치매야 아니겠지. 그래도 만일을 알 수는 없다.

만일 치매 진단이 나오면 요양 시설이나 병원으로 가면 간단할 수도 있다. 집을 정리하면 애들 말처럼 비용은 해결될 것 같다. 그러나 치매 보험은 들어 두지 않았으니 죽는 날까지 거기 있으려면 한계가 있을 것 같다. 거기에다 누가 나를 제대로 보살펴 줄 것인가. 돈보다 난감한 일은 다시 혼자 있어야 한다는 것이었다.

재활 치료도 기술이 많이 개발되었다고 한다. 그러나 그것은 근본적인 치료가 아니라 현상 유지가 아닌가. 언젠가는 차츰 상태가 나빠진다면 결과는? 당장에야 보건소에서 약도 먹고 치료관리를 받을 수 있도록 한 달에 3만 원씩 지원을 한다고는 하지만, 그건 완치나 회복과는 아무 관계가 없다.

밤은 깊어 가는데 정신은 더욱 맑아진다. 어떻든 마음이나 편하게 먹기로 하자. 뒤치락거리며 마음을 가다듬어도 역시 잠은 쉬 오지 않았다. 이러다간 밤을 하얗게 지새울 수도 있다. 정신이 말똥말똥해지는 것을 보니까.

원래 아침식사는 먹는 둥 마는 둥 했다. 그리고는 신문을 뒤적이다가 다시 한숨 자는 것이 일상이다. 그렇지만 오늘은 보건소 행차를 해야 한다. 오랜만에 면도칼을 턱에 댔다. 꽤 뻑뻑하다. 그러나 초라한 홀아비의 노추한 꼴을 보여서야 되겠는가.

환절기라서 그런지, 보건소 안은 기침 소리도 가끔 들렸다. 웬 사람들이 아침나절부터 이렇게 많은가. 한참을 기다린 뒤에야 독방으로 불려갔다. 흰 가운의 여자가 앞에 앉아 종이 한 장을 내놓으며 여러 가지를 물었다.

질문이란 게 오늘의 연월일과 요일, 계절을 제일 먼저 말해보라는 것이었다. 군말 없이 하라는 대로 했다. 지금 내가 있는 장소가 어디며 뭐 하는 곳인지, 아주 간단한 뺄셈과 보이는 물건 이름 말하기 같은 것으로써 치매를 검사했다. 오각형을 두 개가 서로 겹치지 않게 그려 보라는 것이 그 가운데서는 조금 어려웠다. 그것은 치매 때문이 아니라 그림 그리기가 서툴기 때문에 약간 비뚤어지게 그렸을 뿐이다.

이런 정도라면 나는 치매가 아니라는 자신이 생겼다. 흰 가운의 여자는 아까 기억해 두라고 했던 물건 이름을 차례대로 외워보라고 했다. 자동차, 사과, 아파트라고 했던가. 아니야, 자가용, 아파트, 사과라고 했어. 바로 조금 전에 말했던 그 물건의 이름을 그사이에 까먹었다. 차례대로 정확하게 기억할 수가 없다.

흰 가운의 여자는 전혀 대수롭지 않게 생각하는지 그다음 질문으로 넘어갔다. 그녀는 차고 있던 시계를 내밀며 이게 뭐냐, 볼펜을 내밀며 이게 뭐냐고 묻고 난 뒤 볼펜으로 오각형 둘을 겹치게 다시 그려보라고 했다. 유치한 질문도 있었다.

질문 같지도 않은 질문이었지만 하라는 대로 다 따라 했다. 종이를 접어 거기에다 글을 쓰게 하더니 그것을 보면서 흰 가운은 "어르신, 치매는 걱정하지 않으셔도 돼요." 라고 한마디 하고는 검사를 끝내는 것이었다. 싱거웠다.

흰 가운의 말처럼 인지능력과 사회활동에 아무런 이상이 없다면 지금까지 나를 둘러싼 풍문은 무엇이었단 말인가.

흰 가운의 여자는 몇 마디 곁들였다. 책이나 신문도 열심히 읽고 노인정에 나가서 친구들과 어울려 화투도 하면서 즐겁게 놀면 좋다고 했다. 그 고리타분한 곳에 가서 내가 좋아하지도 않는 고스톱도 하란 말이다. 집에만 가만히 있지 말고 밖에 나가 운동도 하고, 화초를 가꾸는 등 취미생활도 하라고 권유했다.

하라는 대로만 하면 백 살까지는 건강하게 살 수 있겠다는 농담도 했다. 보건소 문을 나서며 흰 가운은 하지 않아도 될 터무니없는 말도 다 하는구나 생각했다. 그러나 기분 나쁜 말은 분명 아니었다.

집으로 돌아오자 긴장이 확 풀렸다. 어서 눕고 싶었다. 시장기가 엄습해 왔지만 마땅히 챙겨 먹을 것이 아무것도 없다. 입었던 옷 그대로 밖으로 나갔다. 뭘 먹을까 생각하다가 만만하면 늘 가는 추어탕집엘 또 갔다. 이른 점심때여서 식당 안은 조용했다. 무표정의 아줌마가 뜨거운 추어탕 그릇을 식탁 위에 탕 소리가 나게 얹어놓고 갔다.

입맛이 돌아서였을까. 아니면 오전 일찍 외출을 해서였을까. 멀건 추어탕이었지만 오랜만에 맛있게 다 먹었다. 셈을 정확하게 치른 뒤 아파트 단지 길을 천천히 돌아 아무 탈 없이 금강산 아파트를 찾아 왔다. 현관 안은 여느 때나 다름없이 횅뎅그렁했다. 아침나절에 잠을 못 잤으니 우선 잠부터 자야겠다고 생각했다.

눈을 뜨니 오래 닦지 않은 남쪽 유리 창문의 먼지를 헤치고 햇살이 들어와 길게 사선을 긋고 있다. 치매를 걱정하지 않아도 된다는 생각이 머리를 개운하게 했다. 건강을 잘 간수하면 백 살까지는 살수 있다니, 그러나 그건 저주스러운 말 같았다.

진단 결과 치매라고 했으면 어떻게 해야 됐을까. 언젠가는 그런 진단을 받아야 할지 모르지만 우선은 안심이 되었다. 그래도 뒤숭숭한 생각은 머리를 흔들었다.

아이들이 왔던 게 마음에 걸린다. 요양 시설부터 들먹이는 것은 꼭 나를 걱정해서만은 아닌 것 같았다. 부자간의 정보다는 귀찮은 일을 예방하기 위해서 밤차를 타고 달려왔다가 간 것은 아닐까.

꺼림칙한 구석이었다. 그래도 아이들 말을 새겨들을 만은 했다. 이 세상에 누가 치매 없이 늙어 죽는다는 보장을 받을 수 있겠는가. 여차할 경우 낭패스러운 일로 발목을 잡히는 것은 말할 것도 없고, 그때 들어야 할 비용을 걱정하지 않을 자식이 어디 있겠는가.

기왕이면 정신이 오락가락하기 전에 요양 시설로 옮기자. 마음을 다잡으니 갑자기 홀가분한 기분이 따스한 목욕물처럼 전신을 감쌌다. 삶이란 원래 그런 행로인 것을 뭐 구차하게 이 세상 나머지 삶에 매달리고, 억울해할 것인가. 그렇게 살다가 그렇게 가는 것이 삶의 행로인 것을.

이런 생각을 하는데 갑자기 몇십 년 전에 들었던 전선에서의 따발총 소리 같은 것이 귓전을 스쳤다. 그리고는 다시 사위는 조용해졌다.

무릎을 짚고 일어서서 벌써 어둑해지는 창밖을 보니 지난날이 주마등처럼 달려간다. 식민지 말기 소학교 다릴 때 학교 뒷산에서 솔방울 줍다가 만난 해방, 구제 중학교 4학년 때 소년국방군이 되어 내가 다니던 학교 운동장에서 일본제 목총을 들고 훈련받던 일. 사선을 몇 번이나 넘은 전쟁, 가난, 복구. 국민의 향학열은 높은데 교사가 없어 나와 같은 사람이 간단한 검정시험을 거쳐 보통학교(초등학교) 교사가 되고, 생활이 안정되어 아들딸 낳고….

그러나 그것도 일순.

험난한 겨울 여행 끝에 내가 기착할 곳은 어디인가. 이제는 말라 버린 질펀한 초원에 늘어선 이동식 주택 게르와도 같은 곳은 아닌 가. 일 년 중 절반인 겨울에는 이곳에서 추위를 피해 움츠리고 살아 야 한다.

풀이 돋는 5월이 오면 비로소 새순이 덮이는 초원을 찾아 게르를 떠나야 하겠지, 늙은 유목민처럼. 초원의 가장자리 그 어디쯤에 이 르러서는 다시 가을을 기다리겠지. 그리고 새들에게 육신을 맡기는 풍장의 꿈을 꾸게 되겠지.

풀 속에 눕다 　——

이 섬에서는 이틀만 머물기로 했다.

겨우 2백 명이 좀 넘게 살고 있는 작은 섬. 이틀이면 64가구를 다 뒤질 수 있을 것 같았다. 출발 전 이 섬에 대한 정보를 인터넷에서도 검색해 봤다. 역시 이틀이면 될 것 같았다. 현장조사에 경험 있는 학생들이 앞장서니까 걱정할 것은 없었다.

낮 동안에 이 섬에 도착하기 위해 우리는 이른 아침에 부산을 떠났다. 도선장이 옆에 있는 하남면 버스 정거장에서 내리니 12시가 가까웠다. 먼저 수산업협동조합부터 찾았다. 조합장에게는 조사를 협조해 달라는 공문도 보냈고 출발 전날에는 전화까지 했던 터였다.

"기다렸심더. 학생들이 여섯 명이네요. 방학 때라서 영판 좋기는 좋지만 잘 곳이 마땅찮아 걱정입니다."

조합장은 바쁜 일이 있어 출타 중이라고 했다. 바다에서 반사되는 햇볕에 그을려서인지, 얼굴빛이 거무스레한 전무가 조합장 대신 우리를 기다리고 있었다. 희끗희끗한 머리카락에서 바다 냄새를 훅 풍기는 인상 좋은 사람이었다. 그는 우리를 조합 사무실로 안내한 뒤 고객 대기석의 빈자리를 가리키며 앉으라고 권했다. 그리고 전화기를 들었다.

"아, 이장님. 나 수협 전무데요, 부산에서 대학교수님이 학생 여섯 명이랑 지금 막 도착했네요. 내가 부탁했던 대로 숙소가 마땅찮으면 학교 교실이라도 상관없어요. 좀 잘해 주이소. 네? 네? 아, 동네 젊은 사람들은 없어도 좋심다. 없는 사람들 말하면 뭐 해요. 어르신들이 옛날 일 더 많이 아시니까 마- 괜찮아요."

그는 우리가 섬에서 할 일이 무엇인지 다 꿰차고 있었다. 이장에게도 우리가 계획하고 있는 어촌 민속 문화조사 내용에 대해서 줄줄줄 설명을 해 줬다. 그리고 학생들을 둘러보며 히죽 웃고는

"언제 건네갈랍니까? 귀한 손님이라 점심 대접이라도 해야 될 낀데-."

하면서 걱정스럽다는 듯 나를 바라봤다.

"먹을 것은 잔뜩 가지고 왔습니다요. 라면을 먹어도 되고, 그런 건 걱정하지 마세요."

옆에서 듣고 있던 동아리 대표가 날쌔게 대답했다. 그의 말이 끝나자마자 전무는

"김양! 지도선 선장한테 연락 좀 내라. 두 시에 딱섬에 갈 때 교수님이랑 학생들 여섯 명도 함께 좀 실어다 주라꼬!"

마침 선편이 연결돼 두 시가 되자 우리 모두는 어업 지도선에 올랐다. 햇살은 먼지 알갱이 하나 걸림 없이 바다에 내리꽂혔다. 반사돼 조각이 나며 튕겨 올라온 햇살은 눈을 쏘았다. 어업 지도선은 생각보다 빨라 딱섬은 금방이었다.

이장은 선착장에 나와 있다가 우리를 초등학교로 안내했다. 학교

는 바닷가에 있었지만 학교로 가는 길에서는 파도 소리 대신 매미 소리만 요란하게 들렸다. 운동장에서는 전남의 광양 앞바다 작은 섬들이 올망졸망 건너다보였다.

"저기가 전라도라요. 여기 이 앞바다를 강진마당이라고 부르고요."

이장은 이 딱섬이 경상도에서도 전라도와 아주 가까운 섬이라고 했다. 경상도와 전라도 사람이 같은 바다에서 함께 사이좋게 고기를 잡아 먹고살아서 바다를 동네 공동 타작마당처럼 그냥 '마당'이라고 부른다는 설명까지 해주었다.

저녁에 어르신들을 학교에서 좀 뵐 수 있었으면 좋겠다고 이장에게 다시 부탁했다. 안주는 시원찮지만 소주도 준비해 왔다고 넌지시 한마디 건넸다.

"조합에서 듣고 연락도 다 해놨심더. 소주는 없어도 괜찮은데-."

그러면서도 반색을 애써 감추려고 하지는 않았다.

이장이 집으로 돌아간 뒤 학생들은 모두 빈 교실에 둘러앉았다. 책걸상을 한쪽으로 밀쳐놓은 뒤 짊어지고 온 짐을 내려놓았다. 여섯 명가운데 세 명은 서해와 남해의 어촌 민속 조사에 몇 번이나 참가한 경험이 있는 학생이다. 유경험자답게 그들은 모기향부터 먼저 챙겼다.

모두들 노트를 들고 원을 그리며 둘러앉았다. 내일 조사계획을 점검하기 시작했다.

그사이 나는 우선 교장 선생님부터 찾았다. 교실을 이용할 수 있게 해줘 고맙다는 인사를 하기 위해서였다. 그러나 교장 선생님은 오전에 뭍으로 나가 늦게 돌아온다는 것이다. 전교생이 15명에 교사는 2명뿐. 그나마 섬에 사는 젊은이들이 해마다 아이들을 데리고 육지로 빠져나가 학생 수가 계속 줄고 있다. 두 명의 교사도 이제는 많아졌다는 작은 학교였다.

방학이 되면 교사들은 한 명씩 교대로 당직을 한다. 그러나 대부분의 당직은 마음씨 좋은 교장 선생님이 대신해주며 육지에 집이 있는 교사는 집에 가 있다가 일이 있으면 오도록 배려해주고 있었다.

조사계획에 대한 토론을 끝낸 학생들은 학교 뒤쪽에서 등물을 했다. 섬인데도 물은 학교 뒷산에서 넉넉하게 흘러내리는 것 같았다. 등물을 끝낸 학생들은 해가 아직 많이 남았는데도 일찌감치 저녁식사를 준비했다. 동네 어른들이 너무 일찍 오는 바람에 저녁을 굶었던 경험이 있어 이번에는 일찍 서두른 것이다. 나는 통조림으로 동네 노인용 안주도 맛있게 장만하라고 학생들에게 일렀다.

여름의 긴 해가 바다에 황금 가루를 뿌리기 시작할 무렵, 일찍 식사를 끝낸 학생들은 그릇을 씻고 있었다. 그런데 벌써 학교 입구 쪽에서 인기척이 났다.

"선생님 계신가요?"

경상도 말이긴 한데 전라도 억양이 약간 섞인 듯한 노인 한 분이 먼저 찾아왔다.

교실에서 자료를 뒤지고 있던 나는 바쁘게 입구 쪽으로 나갔다. 학생들 두 명이 어디서 왔는지 나를 뒤따랐다. 노인은 나를 보자 의치를 허옇게 드러내며 갯가 사람답게 웃고 난 뒤, 교실 안쪽을 기웃거렸다. 아무도 보이지 않자 어째야 좋을지 어정쩡한 표정을 지었다.

"먼저 교실로 드시죠. 다른 어르신들이 오실 때까지 소주나 한잔 드시며 기다리세요."

노인을 교실로 안내한 뒤 종이컵에 소주부터 한 잔 가득 따랐다. 그리고 안주용으로 통조림 뚜껑을 땄다.

어느덧 밖은 한여름의 해가 설핏해졌다. 그런데도 매미 소리는 가끔씩 바람 따라 이쪽으로 날아들었다. 그 사이 네 명의 노인들이 교실에 모여들었다. 도선장에서 사 들고 온 됫병 소주가 거의 반이나 줄어들었을 때 이장도 나타났다.

"여기선 주로 어떤 고기가 많이 났습니까?"

나의 질문이 끝나기 바쁘게

"멸치를 떴지요. 멸치를. 이 앞 강진마당에 꺼멓게 멸치가 몰려왔고, 밤에 횃불을 들고 가면 멸치가 갑판까지 뛰어오르고 난리가 났지요."

"멸치 말고 전어도 많이 났소. 전어가 많이 날 때는 바다에 작대기를 꽂아도 작대기가 자빠지지도 않고 밀려갔다고 옛날 어른들은 후라이를 쳤소."

후라이는 허풍이란 영어를 옛날 어른들이 일본식으로 하는 발음이다. 술이 얼큰해지자 모두들 목소리를 점점 높였다. 함께 떠드는 바람에 무슨 말인지 알아듣는 것마저 어려웠다.

"멸치잡이나 전어잡이 할 때 노래도 불렀죠?"

더 취하기 전에 질문의 본론으로 들어갔다.

"노래? 아, 부리고 말고요. 꽹쇠를 뚜디리며 '가래소리'도 부리고 '전어잡기 노래'도 부리고 그랬지요. 이 가래가 누 가랜고~우리 선주네 가래로고나~."

기분이 좋아진 노인 한 분은 주문을 하기도 전에 노래부터 홍얼거리기 시작했다. 학생들은 잽싸게 녹음기를 들이댔다. 한쪽에서 노래를 홍얼거리니 다른 한쪽에서는 그 노래는 틀렸다고 법석을 부려 노래가 끊기곤 했다.

"고기를 잡다가 사고는 없었나요?"

어수선한 분위기를 가라앉히려고 나는 일부러 큰 소리로 질문을 바꿨다.

"사고요? 무신 사고요? 요새는 바다가 썩어 고기도 없고요, 배도 새 배라서 사고 없어요. 옛날에는 강진마당 물살이 약해도 물에 빠져죽는 사람도 다 있고 그랬다요."

"물귀신이 끌고 가는 데는 무신 수가 있것소. 우리는 운수가 대통해서 지금꺼정 끄떡없이 살고 있는 거 아니요? 고기 잡아서 자식들 도시로 보내고 공부도 시키고-."

자식 이야기가 나오자 다른 노인 한 명이 말을 막으며 나섰다.

"자식들 다 씰 데 없소. 세상이 이렇게 변했는데 잘 키와 봤자 무슨 소용 있소. 아, 그 윤 노인 좀 보소. 죽으면 초빈이나 써주면 좋겠다고 살아 있을 때 맨날 그랬지만, 초빈은 놔두고 서울 사는 아들이 저그 애비 출상 때, 제때 오기나 했습디까? 자식 다 필요 없소. 자식 이야기 그만하소."

갑자기 분위기가 썰렁해졌다. 그렇지만 나는 초분 이야기에 정신이 번쩍 들었다. 전혀 예상하지 않았던 뜻밖의 초분 소리를 이 섬에서 '초빈'이라고 부르는 것을 들었기 때문이다.

"초빈이 뭡니까? 초분 말입니까? 언제까지 초분을 만들었습니까?"

나는 화제를 초분으로 강하게 틀었다. 초분 이야기라면 도저히 그냥 넘길 수가 없었기 때문이었다. 우리나라 남해안 일대에서는 초분이 사라진 지 이미 오래다. 그런데도 이곳 딱섬에서 초분 소리를 듣다니 이것은 실로 의외였다. 좌중의 소음을 비집고 들어가 지금 들은 '초빈'이란 말부터 따져 물었다. 여기서도 '초빈'은 내가 알고 있는 '초분'과 같은 말로 쓰고 있는지 확인을 하고 싶어서였다.

서해 낙도에서는 곳에 따라서 초분을 초빈이라고도 불렀다. 출빈이라고 부르는 곳도 있었다. 드물게는 구토라고 부르기도 했다. 명칭이 어떻든 그것은 모두 초분의 다른 이름이다. 그렇지만 지금 남해에 위치한 이 섬에서 나온 초빈이란 말이 과연 초분과 같은 말인지 다른 용어인지 분명히 해 둘 필요가 있어 되묻고 되물었던 것이다.

"요새는 초빈 없소. 옛날 우리가 쪼맨할 때는 여기서도 초빈 썼어요. 초빈이라고도 하고 초분이라고도 하고, 다 같은 말이요, 같은 말. 또 머 다른 이름도 있었는디, 하두 오래전 쪼맨할 때 일이라서 이름도 다 까묵어버렸네. 머시고 있기는 또 있었는데―."

내가 초분에 대해서 정색을 하고 좀 큰소리로 묻자 시끌시끌하던 분위기가 다소 누그러졌다. 이 섬에서 하루를 더 머무는 일이 있더라도 좋다. 나는 이곳의 초분부터 먼저 조사를 확실히 한 뒤 풍어제나 마을제사, 고기잡이 노래를 조사해야겠다고 마음을 바꿔먹었다.

초분에 대해서는 나는 우리나라 다른 어느 학자보다도 많은 사례 조사 자료를 가지고 있다고 자부했다. 지난 30년을 넘는 현지조사를 통해 남해 낙도에서는 이미 초분의 흔적을 찾기마저 어렵다는 사실도 확인한 바 있다. 그런데 여기서 초분 이야기를 들었으니 정신이 번쩍 들 수밖에.

초분의 흔적은 서해 낙도에서는 지금도 여기저기에서 발견된다. 그러나 그것도 대부분 잔영에 불과하다. 남해의 초분은 풍화된 화석과 같다는 생각을 하고 있었던 터다. 그 화석화 과정을 밝힌다면 남해 낙도 주민들의 장례의식과 관계된 '정신의 고고학'을 확립할 수는 있을 것 같다는 생각이 들었던 것이다. 그런데 지금 이 섬에서 급속히 흔적이 지워지고 있는 초분 이야기를 들다니, 처음에는 귀가 의심스러웠다.

언젠가 멀지 않아 일몰을 맞을 것이 분명한 운명의 초분, 그것은 한 사람의 생애가 자연과 섞이는 슬프고도 장엄한 통과의례였다. 그런 초분을 이곳 딱섬에서 만날 수 있다면 그것은 예상 밖의 행운이다. 그런 생각을 하자 가슴에서 이는 흥분의 격랑을 잠재울 수가 없었다.

문화인류학이 내 전공이다. 나는 우리나라 남해 낙도의 전통문화에 대한 원형적 심상 연구로 학위를 받았다. 그 논문의 뼈대를 이루는 것이 초분이었다. 초분에 대한 연구의 시작은 낙도문화의 비밀스런 깊이와 측량할 수 없는 넓이의 신비함에 끝없이 함몰되었기 때문이었다. 그러나 그 초분에 대한 관심의 시작은 단순했다. '초분'이라는 연극을 봤기 때문이었다.

대학 상급 학년 때였다. 같은 학과 친구들이랑 시내 극장에서 연극을 본 일이 있다. '초분'이라는 익숙하지 않은 제목의 연극이었다. 1960년의 끝머리 어느 날이었던 것 같다.

연극은 강렬함이 난해함과 섞여 무대를 흔들었다. 낙도에서 일어난 살인사건에 얽힌 인과관계를 푸는 미로와 같은 과정이 관객에게 충분한 관심을 제공했다. 어떻든 낯설게 하기로 꾸려진 장면과 장면들, 예상 밖의 사건 전개는 무대를 흔들고 관객의 생각까지 흔드는 충격적인 것이었다. 나는 전편에 넘치는 그 엄청난 역동성의 매력에 사로잡히고 만 것이다.

바닷가 마을에서 비명으로 죽은 자의 초분을 만들기 위해 시신을 들것에 담아 높이 들고 운구하는 장면은 현란한 그로테스크였고 신비였다. 그 장면들은 내가 풀어야만 할 숙명과도 같은 문제를 던져주었다. 그렇게 강렬한 충격은 그날 밤 나의 잠까지 송두리째 휘저어버리고 말았다.

섬사람들은 왜 초분을 만드는가. 어떻게 만드는가. 죽어서 초분에 들어가기를 바라는 섬사람들의 정신적 기제는 무엇인가. 그들의 무의식 속에 갇혀 있는 알 수 없는 '그 무엇'은 과연 무엇인가. 그것이 알고 싶었다.

바다를 끼고 부산에서 자랐지만 나는 초분에 대해서는 전혀 맹목이었다. 그랬던 내가 서울까지 달려가서 같은 연출가의 다른 무속연극까지 봐야만 직성이 풀렸다. 그 가운데는 우리의 운명을 끈으로 묶어놓는 기괴함, 우리의 정체성이 무엇인가를 묻는 아기 장수의 설화, 그 심층에 가라앉아 있는 것들이 나를 한없이 궁금하게 했다.

공동체에서 마을 제사는 왜 그렇게 신성시해야 했는가. 그런 것들은 우리 문화의 바탕을 어떻게 떠받치고 있는가. 이런 의문을 풀기 위한 실마리를 초분에서 찾는 것이 필생의 과제가 되어도 좋을 성 싶었다.

나는 차츰 이 분야에 심취해 갔다. 천승세의 소설 「낙월도」를 읽었고, 동명의 영화를 관심 있게 본 것도 그래서였다. 그리고 소설의 무대인 전남 영광군 낙월도를 찾아가서 살인 현장을 살펴보고 무속인이 춤추며 해원 하는 현장도 둘러봤다. 섬이 갖는 카리스마를 느껴보기 위해 으슥한 밤을 혼자 걷기도 했다.

결국 나는 이 문제를 풀기 위하여 대학원으로 진학하기로 했다. 바로 이런 분야를 본격적으로 공부하기 위해서였다. 그때부터 여름방학과 겨울방학이면 이론의 원천인 현장을 찾기 시작했다. 현장조사를 통해 이론의 성립 배경을 확실히 파악하기 위해서였다.

서해에는 섬이 많았다. 그만큼 고기잡이 노래도 많았고, 풍어를 기원하는 행사도 많았다. 현대교육을 받은 사람으로서는 해석이 되지 않는 어려운 무속도 넘쳤다. 현장 조사를 하면 할수록 서해와 남해 낙도는 하나같이 우리 전통문화의 원시림이었다. 그러나 급속한 전자매체의 발달로 그런 원시림은 바쁘게 벌목되고 있었다.

대학에 자리를 얻은 나는 방학이면 게으름 부리지 않고 낙도에서 살았다. 그래도 390개가 넘는 전남의 유인도, 190개가 넘는 경남의 유인도를 모두 돌기는 벅찼다. 지역과 섬을 나눠 표본조사를 할 수밖에 없었다. 대학에서 어촌 민속 조사 동아리도 만들어 학생들과 함께 낙도 문화조사를 하며 옛사람들의 정신세계를 함께 더듬었다.

역시 초분조사는 힘들었다. 존재를 확인하기가 어려운 것이 아니라, 연구 의욕을 뜨겁게 달구는 해석의 문제가 어려웠다. 그나마 서해에서 남해로 내려올수록 초분의 모습은 흐릿한 횃불처럼 희미해져갔다. 태안반도에서 신안군 일대를 돌아 진도, 완도, 강진, 여천만에 이르면 그 원래의 모습은 차례대로 휘발하면서 흔적만 여기저기서 발견되곤 했다.

몇 년 전에는 전남 보길도 예송리에서 초분을 만났다. 산자락 비탈진 계곡의 채마밭 가장자리 우묵한 곳이었다. 그곳의 초분은 주검이 순백으로 안식하는 자리임을 증명하고 있었다. 그러나 망자의 신분과 성별, 자녀들의 교육 정도는 알 길이 없었다.

나는 학생들과 함께 물어물어 간신히 초분의 주인을 찾았다. 예고 없는 방문 탓이었겠지, 주인은 불쑥 들이닥친 우리를 달갑잖게 맞았다. 외지 사람에게는 초분은 한갓된 흥밋거리였고, 때로는 미신이라는 딱지를 붙여 비판의 대상이 되었기 때문이다. 우리의 초분조사는 순수한 학술 목적일 뿐이라고 누누이 설명했다. 그래도 그는 변명부터 시작했다.

"엄니가 원하시긴 했지만, 복잡허고, 경비도 많이 들고 비위생적이라고들 허기 땜세 요새 세상에는 잘 맞지 않는 걸 압니다. 그런디 엄니 소원을 들어드리지 못하면 평생 불효자가 될 것 같어 우리 산에다 그렇게 썼습니다."

머리카락이 희끗희끗한 아들은 초분을 쓴 입장부터 해명하면서도 어색한 표정을 지우지는 못했다. 그러나 그 설명 속에는 망자의 염원이 초분에 깃들어 있음을 확인할 수 있었다. 그리고 초분이 낙조를 맞게 된 이유도 점쳐 볼 수 있었다.

"어머니의 소원을 따랐으니 효도하신 거군요. 혹시 형제 가운데 매장을 주장하는 형제는 없었나요?"

"없었지요. 우리 형제는 아무도 매장을 주장하진 않았지요."

"그런데 초분을 왜 평지에다 쓰지 않고 산비탈에다-."

"아, 옛날에는 집 앞마당에다 썼지요. 그다음에는 뒷마당에다, 지금은 집 뒷산에다 쓰지요. 삭신이 상헐 때 온 동네서 냄새가 난다고 사람들이 그렇게 미안했고 자식 된 도리는 해야 쓰것고, 그래서 산으로 간 것이 아니것어요?"

그러나 야산에는 산돼지의 출몰이 잦았다. 다른 산짐승들까지 초분을 파헤쳐 시신이 손상을 입었다. 주위에다 울타리를 쳐도 피해를 막는 일은 쉽지 않았다. 초분이 이렇게 문제가 되자 동네 청년들은 아예 초분장제 폐지 운동을 폈다. 새마을운동 차원에서 위생적인 방법을 택하자면서 나선 것이다.

초분은 시신을 덮은 풀 위에다 용마름을 얹어서 만들었다. 그리고 풀이 바람에 날려가지 않도록 단단히 묶었다. 주위에다 울타리를 치기도 했다. 그렇지만 시신이 부패될 때는 악취가 바람에 날려 사방에서 진동을 했다. 거기다가 몇 년 뒤에 다시 본 매장을 하기 위해서 초분을 해체하는 일은 이제 그만둬야 한다는 의견이 살살 고개를 들었다.

초분 속의 시신은 몇 년이 지나야 육탈된 하얀 뼈로 남는다. 길일을 택해 초분을 해체한 뒤 백골을 수습해 칠성판에 가지런히 맞춰놓는다. 수습한 뼈는 새로 염을 한다. 그리고 장례행사를 한 번 더 치른 뒤 매장으로 영구 묘를 만든다.

초분장제 폐지 운동에는 동네 이장까지 가담했다. 이중장보다는 단장제가 경제적이고 좋다는 것이었다. 그러나 내생을 믿는 사람들은 관습의 틀을 깨려고 하지 않았다. 초분장을 하지 않으면 망자가 깨끗한 몸으로 저승에 갈 수 없기 때문에 자손을 위해서도 초분장 폐지는 안 된다고 강하게 맞섰다.

"부모가 원했는디 무조건 매장이냐? 그 짓은 후리자석들이나 허는 짓이여. 죽어서 좋은 곳에 가시겠단디, 나는 초분을 해야 쓰겠서."

"아, 이 세상에서 우리 키우신다고 육신에 때 많이 묻히고 더러운 꼴 많이 봤슨께, 그런 삭신을 싹 털고 깨끗한 뼈로 다음 세상에 가신단디 반대는 왜 한다요? 못해요."

"어느 놈 대가리에서 피비린내가 나도 나는 초분 할 텐게, 해 볼 테면 한번 해 보랑께!"

50

결사 항쟁의 태도로 완강한 사람들도 있었다.

동네 노인들은 사람은 이 세상에서는 죽지만 저세상에서 새롭게 태어난다고 굳게 믿고 있었다. 새롭게 태어나기 위해서는 이 세상의 오욕칠정을 다 털어버려 깨끗해야 한다고도 생각했다. 그 가운데 가장 중요한 절차가 초분장이어서 자식은 부모님을 그렇게 모시는 것이었다.

때를 씻고 가겠다는 집념은 무의식 속에 자리 잡고 있는 신성의식에서 비롯됐다. 초분에서 육탈된 뼈에는 이끼 같은 것이 끼어 있어도 안 된다. 그런 것을 없애기 위하여 뼈를 드럼통 같은 것에 넣어 삶는 사람까지도 있었다. 삶은 뼈는 다시 솜으로 하나하나 깨끗하게 닦았다. 그리고 2백 6개나 되는 뼈마디를 칠성판에다 얹어 모두 다시 맞추고는 그 뼈를 깨끗한 한지로 조심스럽게 싼 뒤 새로 염을 했다.

칠성판은 상여에 얹혀 초분장 자리를 떠나 매장할 곳으로 향한다. 깨끗해진 뼈는 상엿소리를 들어가며 초분 터를 떠나 그가 살았던 옛집을 돌고, 그가 일했던 바닷가를 지난다. 그리고 산으로 가서 하얀 촉루는 땅속의 흙과 섞인다.

남해나 서해의 육지와 먼 낙도 사람들은 이렇게 해야 망자가 깨끗한 몸으로 저승에 갈 수 있다고 철석같이 믿었다. 초분장이라는 이 신성한 통과의례는 그렇기 때문에 섬에서 쉽게 허물어지지 않았던 것이다.

"이런디 초분을 허지 않을 수가 있것습니까?"

초분장 선호의식은 마을 신을 맞는 의식인 동제에서도 동일성을 드러냈다. 신성한 신을 맞기 위한 청결의식이 그것이었다.

그날 숙소로 돌아온 우리는 낙도의 초분조사 내용을 정리했다. 저녁에는 동제에 대해서도 동아리 학생들과 조사 자료를 검토했다. 제사할 때의 절차에서 드러나는 신성성과 제사를 집행하는 제주의 청결 유지는 상상을 넘었다.

동제가 끝난 뒤 정월 중순이나 하순이면 길일을 택해 동네에서 회의를 열고 다음 해의 동제를 관장할 제주를 뽑았다. 이 일도 신성성에 초점이 맞춰지고 있었다.

제주는 지난 한 해 동안 집안에서 나쁜 일이 있었던 사람은 절대로 될 수가 없었다. 집안에서 죽음이 있었던 사람도 안 되고 출산을 비롯해서 다른 피부정이 있었던 사람도 안 된다. 동네 사람들과 싸움이 있었던 사람이 제주가 될 수 없음은 당연했다. 제주로 뽑히면 아무리 추워도 제사 한 달 전부터는 매일 냉수에 목욕재계를 해야 된다.

마을 회의에서 제주로 뽑히게 되면 사양할 수도 없었다. 거절을 하면 공동체를 부정하는 것으로 받아들여졌다. 이렇게 신성한 일을 하지 않겠다면 신의 노여움을 사 동네에 흉사가 든다고 믿었기 때문이다.

제주가 된 뒤 흉사에 관계되면 불명예로 퇴출되었다. 이렇게 까다롭고 엄격한 규칙을 지키기란 성가신 일이었다. 인구가 줄자 제주 기피 현상도 섬사람들 사이에 안개처럼 피어올랐다. 젊은이들은 마을 제사의 영험을 의심하기 시작했고 복잡하기만 한 절차에서 벗어나고자 했다. 젊은이가 도시로 빠져나가려는 데는 이런 생각들이 한 몫을 더하게 되었다.

그래도 나이 많은 사람들은 초분장제와 마을 제사를 고집했다. 정성을 다해 깨끗한 몸과 마음으로 조상을 모시고 동네 신에게 제사해야 복을 받는다고 태산같이 믿고 있었다.

이중장제와 마을 제사의 갈등은 부지불식간에 세대 간 골을 파며 노골화되었다. 도시에서는 이런 짓 없어도 잘 먹고 잘산다. 그런데 무엇 때문에 섬에서는 까다롭기만 한 이런 일들을 고집해야 하느냐. 젊은 세대의 불만은 공공연히 늘어만 갔다.

나이 든 사람들 가운데에서도 어쩔 수 없이 자신의 초분장은 어렵게 되겠다고 생각하는 사람이 없지 않았다. 서해와 남해 낙도에서 초분장제가 낙조를 맞게 된 이유였다.

왁자지껄한 노인들의 소음 속에 앉았던 나는 머리를 저었다. 정신을 가다듬으며 보길도와 서해 남부 낙도의 초분 생각에서 빠져나온 것이다. 학생들은 여전히 노인들의 이야기를 녹음한다고 바빴다.

"그럼 윤 노인은 초분장을 못했나요?"

"못했지요. 초분장 해 줄 놈이 있어야 하지요. 아들놈도 출상한 날 낮에사 뒤늦게 끄덕끄덕 기어 오고 자빠졌는데, 그 집 할매가 아들 새끼도 없이 어찌 혼자서 초분을 맨들 수 있것소?"

노인은 나의 질문에 목소리를 높였다. 흥분한 소리는 무너지는 초분 소리 같았다. 그 소리는 이내 분개로 이어졌다. 나는 격앙된 분위기를 가라앉히려고 애쓰며 한마디 곁들였다.

"젊은 사람들은 역한 냄새를 싫어하니까-."

채 말이 끝나기도 전에 노인은 말을 되받으며

"냄새요? 저그 코만 코랍디까? 개코같은 소리 허지를 마라그러시요. 이 바다 한복판에서 냄새가 나면 얼매나 난다고 그 지랄이란 말이요? 온종일 바람만 왔다 갔다 하는 섬에서-."

"섬으로 오는 시간이 너무 오래 걸려서 혹시 그렇게 된 건 아닐까요?"

"옛날에도 육지 저 끝까지 오는 차는 천지고 온 갯가에 딱섬 오는 배였는디, 그러니까 말이 안 되는 소리라 안 합니까? 내사 죽고 난 뒤에야 매장도 좋고, 화장도 좋지만 택도 없는 이유를 가지고 이러니저러니 하는 젊은것들의 꼴이 밉상이다 이 말입니다."

이제 초분은 이 딱섬에서 찾기는 어렵다. 있다면 어쩌다 남아 있는 흔적 정도일지 모른다. 옛날부터 이 섬에서 초분을 쓰게 되었던 내력에 대해서 달리 말하는 사람도 있었다. 그것은 망자의 염원과는 관계없는 불가피한 다른 이유였다.

지관이 날을 잡을 때까지 가묘를 만들어 두는 관습에서 비롯된 것이 그 하나다. 또 외지에 사는 자녀가 올 때까지는 매장을 미루고 임시로 초분을 했던 것과 익사자의 시신에서 물이 빠질 때까지 풀로 덮어 두었던 것이 초분의 시초라는 사람도 있었다. 피살자의 경우는 원한이 풀릴 때까지 땅에 묻지 않았다고도 했다.

어떻든 초분은 물때에 맞춰 바다에 나가야 하는 딱섬 사람들의 손을 두 번씩이나 묶었다. 젊은 손이 차츰 대도시로 떠난 뒤 나이 든 사람들에게도 초분장은 사실상 번거로운 일로 변해갔다.

이장까지 젊은이들과 함께 초분장제가 비합리적이라면서 개선해야 한다고 나서자 섬의 분위기는 흔들렸다. 일부 노인들도 새마을운동 차원이라면서 이 운동에 동조했다. 그런데도 불구하고 이곳 딱섬에서 초분을 선호하는 사람들은 생각을 쉽게 바꾸지 않았다. 같은 일을 두고 청결과 불결에 대한 서로 다른 의견이 부딪치기도 했다.

"윤 노인 외에도 이 섬에서 초분을 희망하는 사람이 아직도 있습니까?"

"하-, 있다마다요. 자식 눈치 본다꼬 말은 안 해도, 천지라요 천지-."

노인의 목소리가 너무 컸기 때문인지 곁에 있던 다른 노인이 끼어들었다.

"보래, 인자 고만 좀 해라. 다른 사람들은 가래소리 부를라꼬 준비하고 있는데, 뭘 그리 자꾸 혼자서 그래 쌌노? 그라면 아아들이 당신 초분 써줄라 카더나? 다 쓸 데 없는 소리다. 그만하고 노래하자."

초분 이야기를 더 듣고 싶었다. 그러나 소주에 얼큰해진 노인들은 한쪽에서 벌써 멸치 잡을 때 부르는 '가래소리'를 흥얼거리고 있었다. 이러다가는 노래고 뭐고 아무것도 안 될 것 같았다.

"어르신, 초분 이야기는 내일 또 들을게요. 옛날 멸치 잡을 때 신나게 부르시던 가래소리나 한번 불러보시지요."

노인은 말을 멈췄다. 그러나 이야기를 더 하고 싶은 눈치였다. 말을 멈춘 노인은 이웃 노인들이 둘러앉아 있는 교실 안을 한 바퀴 휘 둘러봤다.

"내 이름이 한대호요. 60년을 저 욕지도, 한산도로, 대도, 소도 앞 바다로 댕기면서 노래를 불렀소. 친구들! 내가 앞소리 허께, 뒷소리 허소- 흠흠."

쎄노야 쎄노야 어히여라 쎄노야-
쎄노야 쎄노야 어히어라 쎄노야-
쎄노야 쎄노야 어히어라 쎄노야-

노래를 여기까지 부르자 좌중에서 한 사람이 노래를 막았다. 노 래를 부르던 한대호 노인은 영문도 모른 채 노래를 멈췄다.

"이 사람아, 가래소리 하라 캤지 누가 '쎄노야' 하라 캤나? '이 가래 가 누 가랜고 우리 선주네 가래로구나 어허능차 가래야' 그 노래 안 있나? 그거 부리자 말이다."

어허능차 가래야   (어허능차 가래야)
이 가래가 누 가랜고   (어허능차 가래야)
우리 선주네 가래로세   (어허능차 가래야)
우리 선주 재수가 좋아서   (어허능차 가래야)
긴 대 끝에 봉기 올렸네   (어허능차 가래야)
들물에 천량 썰물에 천량   (어허능차 가래야)

얼씨구절씨구 지화자 좋네 (어허능차 가래야)

노래가 계속되자 모두들 신이 났는지 차츰 목청을 높여가며 따라
불렀다. 한대호 노인이 앞소리를 하면 '어허능차 가래야~' 라면서 모
두가 구성지게 뒷소리로 받았다. 즐겁지만 애조를 띠고 있는 듯했
다. 이 노래는 얼마든지 이어질 수가 있을 것 같았다.

"자, 인자 소주 한잔 더하고 노래하자."

좌중의 한 노인이 노래를 막으면서 큰 소리로 말했다. 됫병 하나
가득하던 소주가 "카-" 소리와 함께 금방 바닥이 났다. 노인들은 오
랜만에, 이제는 사라져갈 운명의 노래를 부르는 것이 감개무량한 모
양이었다.

"인자 이 노래도 초분 맨치로 자꾸 없어질 기라. 싹 다 기곗배 뿐
인디 그물로 멸치 뜰 일이 있어야 이 노래도 부를 것 아이가?"

노래가 끝나자 노인들이 둘러앉았던 교실 안은 어수선해졌다. 모
두가 자기 나름의 경험담을 털어놓기 시작한 때문이다. 그런 복판에
앉아서도 나는 계속 초분 생각만 하고 있었다. 이 섬에서 초분이 없
어졌다면 그 마지막은 구체적으로 언제였을까. 왜 그랬을까. 그러나
시끄럽고 어수선한 분위기로 초분 이야기는 더 들을 수는 없었다.

노인들의 이야기는 중구난방으로 계속되고 있었다. 그러다가 자
정이 가까워지자 이야기가 바닥이라도 났는지 한두 사람씩 비틀비
틀 자리를 뜨면서 모임은 흐지부지 끝나고 말았다.

날이 새자 나는 이 섬에 있었다는 초분의 흔적부터 찾기로 했다.

학생들은 두 반으로 나눠 설화와 전설, 마을 제사와 고기잡이 노래도 조사하게 했다. 녹음기와 카메라를 잘 만지는 학생 한 명과 함께 간밤에 초분 이야기를 들려준 한대호 노인을 찾았다.

노인은 벌써 아침 식사를 끝내고 바다에 나갈 채비를 하고 있었다. 언제 취해 있었냐 싶게 밝은 표정으로 우리를 맞았다.

"마지막으로 보신 초분이 어디 있었습니까? 그것만 좀 가리켜 주시고 바다에 나가시면 안 될까요? 그 초분을 한번 봤으면 좋겠는데요."

"오늘은 물 때 허고 아무 상관이 없는 날이라 바다는 나중에 나가도 돼요. 그런디 인자는 초분도 안 쓸긴디, 그것 왜 볼라쿠는지 모르것네-."

노인의 목소리는 여전히 컬컬했다. 그러나 전날 밤과는 달리 통명스러움은 전혀 없었다. 맨발이었던 그는 양말을 신고 막대기를 하나 들고나왔다. 혹시 풀 속에서 뱀을 밟아도 양말을 신고 있어야 안전하다고 했다.

이른 뙤약볕이 벌써 이마에 꽂혔다. 그래도 노인은 눈살 한번 찌푸리지 않았다. 동네 뒤 나지막한 언덕을 얼마 오르지 않자 야트막한 계곡이 눈앞에 나타났다. 노인은 걸음을 멈췄다. 눈앞을 옆으로 질러 흐르는 도랑 양쪽에는 우거진 잡목 사이로 소나무들이 듬성듬성 키를 세우고 있었다.

"저기 저 소나무 밑 오른쪽이 초분이 있던 자리라요. 아매 지금도 시체를 놨던 돌 허고 널판찌 같은 기 그대로 있을지 몰라요. 가서 한

번 볼라요?"

전날 밤의 고성과 불만스러운 표정은 어디로 갔는지 예상보다 훨씬 자상했다. 나는 그가 가리키는 초분이 있었다는 자리까지 앞서 올라갔다. 눈으로 직접 확인해 보고 싶어서였다. 그러나 그곳 소나무 아래는 키가 자란 잡초만 우거져 있을 뿐이었다.

"아무것도 보이지 않는데요."

노인은 이내 내가 서 있는 곳까지 헉헉거리지도 않고 뒤따라 올라왔다. 주위를 살펴본 뒤 들고 온 막대기로 초분이 있었다는 자리의 풀을 휘저었다.

"맞소. 여기가 맞소. 오래라서 포가 잘 안 나서 그래요. 아, 이것 좀 보소. 납작한 이 돌들이 칠성판을 얹어 놨던 돌이라요."

풀 밑 흙바닥에서 줄을 지어 나란히 깔려있는 납작한 돌들이 보였다. 비바람의 오랜 세월 탓인지 돌들은 반쯤 흙에 묻혔고 높낮이가 서로 어긋나 있었다. 그러나 돌이 깔려 있는 곳의 넓이나 길이로 보아 칠성판 하나쯤은 넉넉히 놓일 만하다는 생각이 들었다.

"본묘는 어디 있습니까?

"맷등이요? 저기 저 산속에 있소. 풍수가 자리를 잡아 준 곳인디, 앞이 훤허고 생전에 고기잡으로 댕기던 바다도 훤허게 내려다보이는 좋은 곳이지요. 초분에서 깨끗해진 뼈를 잘 묻어서 저승에서도 잘살고 있을 기라요."

노인의 초분에 대한 호감이 은연중에 역력히 드러났다.

"윤 노인 묘는 어디 있지요?"

59

"윤 노인이 누고? 아, 그 영감은 자식들이 출상 때 늦게 오고 초분도 할매 혼자서 쓸 수가 없어서 산에다가 바로 매를 썼어요. 그것도 볼라꼬요? 다른 거 허고 똑같은디-."

초분장 없이 곧바로 본 매장을 한 것이 다시 생각해도 기분을 상하게 하는 것 같았다.

"요새 아-들은 부모가 좋다면 말을 좀 들어주면 좋을 긴디, 돼지 뒷발톱 맨치로 어긋나가지고 영 말을 안 들어요. 니 새끼 내 새끼 할 것 없이 옛날 거는 무조건 싹 다 시시한 것이라고 그러니 이길 도리도 없고-."

노인의 말은 다시 거칠어졌다. 땀이 난 얼굴을 손바닥으로 씨익 닦고는 윤 노인 묘는 보여줄 생각도 않고

"아무것도 없는 여기 오래 있으면 뭐 허것소?, 됐시먼 그만- 내리갑시다."

그러더니 터벅터벅 산을 앞서 내려가며 혼자서 뭔가를 흥얼거리기 시작했다. 젊은 날의 영욕이 저려있는 고기잡이 노래 같기도 하고 상여소리나 무슨 타령 같기도 했다.

바다에서 불어온 한 움큼의 시원한 바람이 터벅거리며 내려가는 노인을 스치고 다시 바다로 가는 것 같았다. 뼛조각 하나 없는 초분터에서는 잡풀이 돌을 쓰다듬으며 전신을 흔들고 있었다.

나도 노인의 뒤를 따라 산에서 내려오기 시작했다.

화투놀이　　——

할멈은 노인정에 나가겠다고 했다. 그러면서 노인정이 어떻더냐고 나에게 꼬치꼬치 물었다. 가보면 안다고 나는 간단하게 대답해줬다.

내가 노인정에 나갈 때 그런 데 뭐하러 가냐며 시큰둥했던 할멈이다. 그런 할멈이 왜 느닷없이 노인정에 나가겠다는 것일까. 심경에 무슨 변화라도 생긴 것일까.

사실이지, 노인정엔 가 봤자 별 수도 없다. 그러나 별 수도 없다고 말해버리면 예단에 잡힐 수도 있다. 그래서 가보면 안다고 했다. 내가 노인정에 나갔다가 얼마 뒤에 그만둬버렸을 때 할멈은 내 표정을 훔쳐봤을 것이다. 그리고 노인정의 분위기라든지 뭐 그런 것을 대강은 눈치챘을 것이다.

사람의 느낌은 신기한 데가 있다. 감정은 감기와도 같다. 그래서 잘 옮긴다. 눈빛만으로도 상대방의 희로애락을 읽어낸다. 할멈은 나의 표정에서 읽을 수 있는 것은 대부분 읽었을 것이다. 그런데도 노인정에 나가고 싶다고 했다. 왜 그런 생각을 하게 됐는지, 이심전심을 뛰어넘는 할멈의 결정이 도리어 나를 궁금하게 했다.

허구한 날 집 안에는 우리 둘뿐이다. 아이들이 한창 자랄 때는 찧고 부수고 집안은 온통 북새통이었다. 그러나 대학을 졸업하자 차례로 독립해 집을 떠났다. 아이들이 떠나버린 집안은 새끼 새가 떠나버린 둥지처럼 썰렁해졌다. 그리고 조용해졌다. 우리 둘의 대화도 차츰차츰 그 폭이 좁아지고 단조로워졌다. 대화의 폭이 좁아지자 자연스럽게 내용도 판박이로 굳어져 갔다.

허구한 날 세 끼 밥해 먹고, 집 안 청소하고, 빨래하고, 얼마나 단조로운가. 변화가 있다면 설거지를 끝낸 뒤 내가 읽고 던져놓은 조간신문을 이 구석 저 구석 뒤져가며 새로운 뉴스를 찾아내는 정도라고나 할까. 아니면 텔레비전의 이런저런 프로그램을 보기 위해 채널을 이리저리 돌리는 정도라고 할까.

그러나 이런 짓은 생활의 변화에는 이르지는 못한다. 상투화된 변화는 변화가 아니기 때문이다. 우리에 갇힌 듯 집안에서 늘 보는 신문, 늘 보는 텔레비전은 생활의 변화에 대한 욕구를 충족시켜주지 못한다.

우리가 젊었을 때는 그렇지 않았다. 눈치코치에 오만 가지 아부를 다해가며 아내는 시어머니에게 아이를 떠맡기다시피 하고 가끔은 좋아하는 연극이나 영화를 둘이 함께 구경했다. 또 가끔은 시어머니와 함께 아이들을 데리고 여름 바닷가를 찾기도 했다. 숙제를 도와준다고 저녁에는 애들이랑 토닥거리기도 했다. 아이들은 그렇게 변하며 자랐고 우리는 잠시를 한가할 틈도 없이 아이들의 변화를 뒤좇았다.

아이들이 얼마쯤 자라자 할멈은 고등학교 동창, 대학 동창, 직장의 옛 동료 모임에도 나갈 수 있게 됐다. 한 달에 서너 번은 거기 가서 코끝에 바람이라도 쐬면 기분전환이 됐겠지. 그런다고 크게 심심하지도 않았을 것이고, 부쩍부쩍 자라는 아이들에 비하면 늙는 속도도 얼마간 늦었을지도 모른다.

시부모님이 돌아가시자 할멈의 안방 입성은 자연스러웠다. 안방이라고는 하지만 아파트의 안방이야 권위를 상징할만한 아무것도 없었다. 그 무렵부터는 퇴근하고 얼큰해서 늦게 돌아오는 나에게 하던 잔소리도 거의 없어지고 말았다. 늙어가는 남편에게 잔소리한들 고쳐질 것 없으려니 했겠지. 세월이 흘러 직장에서 정년을 맞은 뒤에는 나는 바깥나들이를 별로 즐기지 않았다. 그나마 줄어버린 양이었지만, 술 마실 일마저도 거의 없어져 버렸기 때문이다.

감정이란 적당한 굴곡이 있어야 감정이다. 굴곡이 없는 감정은 감정이 아니다. 올라갈 때 올라가야 내려올 때 내려와 자연스럽게 제 균형을 잡는다. 일상 또한 바쁠 때는 정신을 못 차렸다가 이따금씩은 느슨해져야 한다. 그렇건만 아이들이 떠나버린 집의 할멈과 나의 감정 곡선은 하강을 계속하다가 적당히 평행선을 그었다. 그러다가 차츰 여려져 버렸다. 굴곡 없는 감정이 되고 만 것이다.

거기에다 나이가 하나씩 많아지자 한 달에 서너 번씩의 할멈의 외출은 역비례했다. 고려장의 나이가 된 할멈네들은 언제나 땅부터 먼저 짚고 앉아야 했다. 설 때도 무릎을 짚으며 '아야, 아야' 일어섰다. 그러다가 한 명씩 이런 병치레 저런 사연으로 모임에서 발을 빼 만나는 것도 시들해지고 말았다.

할멈은 갈 데도 없이 마냥 집이나 지키고 있게 되자 일상이 더욱 권태로웠을 것이다. 하릴없이 빈둥거리는 영감 얼굴이나 보고 있다가 하루 세 끼씩 식사 준비나 하려면 좀 지겨웠을까. 그래서 집에서 식사 세끼를 꼬박꼬박 챙기는 불출의 남자를 '삼식'이라고 비아냥거리게 됐는지도 모른다. 내가 노인정을 탈출구로 삼으려 했던 것도 삼식이를 면하려는 무의식의 발로였을 것이다.

이번에는 할멈이 노인정에 나가겠다고 하자 오래전 젊을 때 우리가 함께 봤던 연극 「타이피스트」가 문득 머리에 떠올랐다.

직장의 젊은 신입사원 폴과 실비아는 꿈이 많았다. 그러나 그 꿈은 꿈처럼 쉽게 이뤄지지는 않았다. 전화번호부의 주소를 엽서에 타이핑해서 상품판매회사에 넘기는 일을 날마다, 달마다, 그리고 해마다 되풀이하면서 그들은 그렇게 하염없이 늙어갔다. 할아버지와 할머니가 되어버린 폴과 실비아는 하얗게 변한 머리칼을 이고 아무것도 이루지 못한 채 무대에서 퇴장하는 마지막 장면이 스틸사진처럼 뇌리에 떠올랐다.

할멈이 살아온 지난날이 실비아의 생애 같다는 생각을 하자 그 연극의 마지막 장면이 새삼 안쓰러워졌다. 늙음이란 그런 것이거늘 한 나이라도 더 먹기 전에 좀 더 자유로워야지. 가고 싶은 곳이라면 어디든지 가봐야지. 어디를 간다고 오아시스가 기다리고야 있으랴만 가고 싶은 곳이 있으면 가봐야 비로소 그곳을 알게 되지.

노인정에 가기로 한 첫날, 할멈은 기대에 약간 부풀어 있었다. 그리고 평소 같지 않게 얼마쯤은 상기된 것도 같았고, 또 약간은 긴장하는 것도 같았다. 초등학교 저학년 때 소풍 가는 기분이 저랬을 것이다.

"아이들이 곁에 있었으면 떡이라도 좀 사 들고 함께 갔으면 좋으련만-."

할멈은 오랜만에 거울 앞에서 머리와 얼굴 손질을 했다. 아니, 노친네들만 있는 노인정에 가면서도 얼굴 손질을 하나, 나는 참 재미있는 구경을 하는 것 같았다. 그러나 할멈은 처음 가니까 단정함을 보여줘야 한다고 했다. 여기서도 여자의 본성이, 그리고 깔끔한 성격이 그대로 나타나는 것 같았다.

"좀 있다가 점심때는 집에 올게요. 재미있으면 점심 차려주고 나서 또 갔다 올 거구요-."

할멈은 기대할 아무것도 없는 노인정에 가면서 뭔가를 기대하는 것 같았다. 집을 나선 할멈은 결국 떡집에는 혼자 갔다. 거기서 떡을 사 들고 얼마 떨어지지 않은 노인정으로 갔다. 아침 식사가 끝난 뒤 얼마지 않았기 때문에 배가 고프거나 그렇지는 않았지만 그렇다고 처음 가면서 빈손으로 갈 수는 없었던 것이다.

옆집 노친네도 바로 그 노인정에 나가고 있다고 했다. 모여서 이런저런 이야기도 하고 심심하면 어울려 고스톱도 하고 그러면 지루하지도 않게 하루를 보낼 수 있어 좋을 것 같다고 했다.

노인정에는 몇 명만이 나와 있었다. 옆집 노인네는 아직 나오지 않았다. 할멈도 앞으로 이 노인정에 나오겠다고 하자 모두들 반겼다.

좀 이른 탓일까. 휘 둘러보니 큰방 안에 있는 사람은 일곱 명뿐이었다. 그 가운데 네 명이 할멈의 입회를 환영한다고 반색을 한 뒤 금방 돌아앉아서 하고 있던 고스톱을 계속했다. 그들은 입회신고를 할 때만 잠깐 얼굴을 마주했을 뿐이다. 그때 한 눈으로 할멈을 아래위로 주욱 훑어보는 사람도 있었다.

"먹을 것도 많은데 왜 이렇게 사 오셨어요? 그냥 오시지 않고."

화투를 하지 않는 노인네가 떡을 받아 냉장고에 넣으며 한마디 했다.

"마땅하게 들고 올 것도 없고 해서…."

할멈은 약간 어물거렸다.

"어서 이리로 오세요. 거기 떨어져 앉지 말고. 고스톱 하는 사람은 고스톱 하고 우리는 우리끼리 놀면 되잖아요. 어서 이리 오세요."

낯이 익은 듯한 노인이 자리를 조금 비킨다. 할멈은 그쪽으로 당겨 앉았다. 고스톱 하는 노인네들 의식 속에서는 할멈은 이미 지워지고 없는 것 같았다. 자리를 옮겨 앉긴 했지만 할멈은 뭔가 좀 서먹했다. 분위기가 익지 않아 그러려니 했다. 이야기를 하며 앉아 있는 노인네들 옆으로 더 가깝게 갔지만 역시 뭔가 서툰 것 같았다. 심리적 거리가 쉽게 가까워지지 않았기 때문에 그렇게 느꼈는지도 모른다.

할멈은 누가 뭐라고 하지도 않았는데 갑자기 외톨이가 된 것 같은 기분이 들었다. 그런 때문인지 분위기에 섞여들기는커녕 오히려 이화 되는 것 같았다. 마치 치과에서 이를 새로 해 넣고 난 뒤의 어색함 같이 자신의 단정한 복장마저도 제대로 어울리지 않는 것 같았다.

"아들딸이랑 함께 살고 계세요?"

"아니에요. 애들은 모두 직장 따라 서울에서 살고 있어요. 여기 부산에는 영감하고 둘뿐이에요."

"아이구, 그럼 심심하겠네요. 자식이란 멀리 살아도 그렇고 가깝게 살아도 그렇다니깐요. 아들딸은 몇 명이나 되세요?"

"아들 하나 딸 둘이에요."

"아주 적당하네요."

한 사람이 말을 걸어오자 같이 앉아 있던 다른 노인네도 화제에 끼어들었다.

"우리도 애들과 떨어져 사는데, 떨어져 사는 자식은 자식도 아니라니깐요. 명절이면 마지못해 왔다가 돌아가기가 바쁘다니깐요. 있는 것 없는 것 다 털어 뼈 빠지게 공부시켜 봤자 장가가면 제 계집, 제 자식뿐이라니깐요. 그 집은 어떤지 몰라도 요새 말이 딱 맞는 것 같지 뭐예요. 장가간 아들은 내 아들이 아니라 며느리 남편이라니깐요. 그리고 장모의 사위라니깐요."

'깐요'란 말을 되풀이하면서 나이보다 약간 젊은 목소리를 내는 노파는 신나게 자식론을 펼쳤다. 할멈은 별로 할 말이 없었다. 그냥 듣기만 했지만 이분들은 노인정 분위기에 아주 익숙해 있었다. 그래서 그런지는 몰라도 할멈은 그런 사람들과 같은 분위기에 동화되기에는 만만하지 않을 것 같았다.

"뭐 입맛 다실 것이라도 있으면 노인정에 들고 오는 젊은이는 아들이 아니라 딸이에요. 딸."

곁에 앉았던 다른 노인네도 자식들 이야기에 말을 거들었다. 순간 할멈은 입맛 다실 것 들고 올 딸이 자신에게는 곁에 없는데 어떻게 하지- 걱정이 후딱 머리를 스쳤다.

그 순간,

"고다! 고- 이 할망구 맛 좀 봐라."

고스톱을 하고 있던 저편의 누군가가 큰소리를 질렀다. 그 소리에 놀라 할멈은 힐끗 그쪽을 봤다. 그러나 그들은 화투짝에 묻혀 웃고 떠든다고 옆에 있는 사람에 대해서는 전혀 무관심이었다.

고스톱은 치매 예방에도 아주 좋다는 소리를 들었다. 할멈이 노인정에 가고자 한 이유 가운데 하나는 치매 예방용 고스톱 놀이를 하는 것도 들어 있었다. 그러나 노인정에서 그 놀이에 함께 섞이기에는 분위기가 영 아니었다.

그러는 사이 사람들은 차츰 늘었다. 그 가운데서 조곤조곤 이야기 하고 앉았던 사람들이 한 사람씩 점심 먹으러 간다면서 노인정을 빠져나가기도 했다. 고스톱 하는 사람들만 열을 올리며 점심 먹으러 나갈 생각은 아예 하지도 않는 것 같았다.

"저 노인네들은 올 때부터 먹을 것을 들고 와요. 아니면 딸이나 며느리가 시간 맞춰 뭐 먹을 걸 가지고 오기도 하구요. 언제 끝날지도 모르는 판이니 우리는 점심이나 먹고 옵시다."

할멈도 퍼뜩 집에 갔다 와야겠다는 생각이 들었다. 먹을 걸 들고 올 딸이나 며느리도 없고 영감 점심도 차려줘야 되겠다는 생각이 들었기 때문이다. 때가 되었건만 자신이 들고 왔던 떡에 대해서는 누구도 먹자는 말도, 먹어보라는 말도 없었다. 자칫하면 냉장고 안에서 맛이나 변해버리지 않을까 엉뚱한 걱정이 들었다.

갑자기 집에 혼자 있는 영감이 걱정스러워졌다. 집으로 돌아가면서 영감 점심을 어떤 것으로 하지, 늘 하던 걱정이 새삼스러워졌다. 여자는 늙으나 젊으나 아이와 함께 사는 팔자인지도 모른다. 젖먹이가 자라서 성인이 되어 결혼하고 집을 나가버리면 이번에는 남편이 늙어서 새로운 아이가 되어버린다. 끼니마다 챙겨 먹여야지, 때로는 이런저런 뒷바라지를 하지 않으면 안 된다. 노인이 된 뒤 영감이 가끔씩 밖에라도 나가면 우물가에 노는 아이처럼 불안해질 때도 있다.

여자는 평생을 여성성과 모성으로 범벅이 되어 살아가는 특수한 인격이다. 여성으로서의 애정과 모성으로서의 애정을 서로 다르게 갈구하고 또 그것을 발산하며 산다. 그러면서 일생을 꾸려나가야 하는 운명적 본능의 특별한 동물인지도 모른다.

할멈은 집에 혼자 있을 영감을 생각하니 발걸음이 빨라졌다. 점심을 뭐로 할까 또 걱정이 되었다. 아침의 식은 밥에다 국을 데워 해결하면 될 것 같아 그렇게 때우기로 했다. 평생을 먹어도 한 번도 물린 일이 없는 김치도 있으니 오늘은 오랜만에 그렇게 때워도 영감은 아무런 불평이 없을 것 같았다.

"영감, 내 왔어요."

텔레비전 앞에 앉아 있던 나는 현관문을 밀고 들어서는 할멈의 목소리에 리모컨으로 텔레비전 소리를 낮췄다.

"벌써 왔어? 재미있었어?"

방바닥에 흩어져 있던 신문을 한쪽으로 밀면서 할멈의 얼굴부터 쳐다봤다. 그리고 노인정이 어떻더냐고 궁금한 것부터 먼저 물어봤다.

"그렇지 뭐, 그냥 그랬어요."

듣기에는 어쩐지 밝은 마음에서 굴러 나오는 맑은 대답 같지가 않았다.

"그래, 다 그래. 어딘들 뭐가 그렇게 특별히 재미난 곳이 있겠어? 할먼네들이 모이는 노인정은 혹시나 영감들이 모이는 노인정보다 좀 더 아기자기하고 재미있을지 몰라서, 그래서 재미있었냐고 한번 물어봤던 것뿐이야."

"아니, 그럼 뭐 노래도 하고 춤이라도 춰야 재미있나요?"

역시 재미가 없었던 모양이다. 평소에는 그렇지 않았는데 말투가 좀 튄다. 시큰둥하기도 하고 약간은 냉랭한 반응이다.

할멈은 냉장고 앞으로 가 대강대강 점심 준비를 했다. 특별한 것은 없어도 평소나 다름없이 할멈과 함께 맛있게 끼니를 때웠다. 식사를 하면서도 나는 할멈으로부터 노인정 분위기를 읽고 싶어 곁눈질을 해가면서 눈치를 살폈다. 노인정에 갔다 와서 공연히 기분이 나쁘면 집안 분위기까지 컴컴해질 수 있기 때문이다. 그러나 낌새를 낚아챌 수는 없었다. 그냥 반응이 시큰둥했을 뿐이다.

할멈이 처음 나에게 노인정 분위기를 물었을 때 나는 대답을 어물거렸다. 내가 노인정에 나가기를 그만둔 것도 그곳 분위기 때문이었다. 우선 나이깨나 든 노인들의 대화가 때로는 약간은 시궁창 같

72

았다. 화투를 하면서 노는 것도 어디나 비슷한 풍경을 빚었다. 그런 자리에서 오가는 대화가 고담준론이기를 바랄 수는 없다. 그래도 귀에 거슬리는 말을 듣고도 즐거울 수는 없었다.

물론 신문을 들고 와서 두꺼운 안경을 끼고 그것을 꼼꼼히 읽는 이도 없지는 않았다. 그런 노인은 차림새도 대체로 깔끔했다. 그리고 주변 분위기에는 관심도 없었다. 또 어떤 노인은 몸에서 지릿한 냄새가 나기도 했다. 짐작건대 요실금이나 아니면 소변 관리가 부실해서 나는 냄새 같았다.

노인들 가운데는 가끔 생일을 맞는 사람도 있었다. 그런 날에는 며느리나 딸이 음식을 잔뜩 준비해서 일찌감치 노인정을 찾기도 했다. 물론 술도 한잔 있어 노인정은 잔칫집으로 변하기도 했다. 어떻게들 아는지 그런 날이면 평소보다 많은 노인이 나왔다.

어울려 한잔하다 보면 웃고 떠드는 영감 수도 늘어난다. 목소리가 커지는 사람도 없을 수 없었다. 그러다 보면 어떤 영감은 술자리의 소음이 싫어서인지 자리에서 슬그머니 떠나버리기도 한다. 그런 자리는 넓게 눈에 들어온다. 앓는다고 며칠 결석을 하더니 홀연 지하여행을 떠났다는 소식을 전해 준 노인의 빈자리가 더 넓어 보이는 것처럼.

자리는 사람과 어울려 독특한 형상을 이뤄 놓는지도 모른다.

보고 있노라면 방 한쪽 구석, 언제나 그 구석은 고스톱 하는 구석으로 정해져 있다. 고스톱이 시작되기 전에는 화투짝은 누릿한 담요에 싸인 채 그쪽 가장자리에 밀쳐져 웅크리고 있다. 그곳이 자리인 사람은 늘 그곳이 자기 자리다. 다른 사람들은 정원 미달인 경우가 아니면 그곳에서 펼쳐지는 화투판에는 아예 끼일 생각도 하지 않는다. 자리가 부지불식간에 앉는 사람들의 부류와 성격을 이렇게 정해 주는 것이다. 그리고 스스로의 인상을 굳혀 준다.

누군가의 생일이나 경사도 없는 날에는 점심때가 되면 사람들은 슬슬 흩어져 나간다. 그러나 얼마쯤 지나면 썰렁했던 방안은 다시 비슷한 구도가 짜인다. 그 구도 속에서는 오전의 모습이 재현되거나 식곤증 탓인지 떠들거나 말거나 돌아누워 잠자는 노인의 모습도 보인다. 그러면서 가끔은 새로운 방안 풍경이 만들어지기도 한다.

"누구 생일인 사람이나 집안에 장가가고 시집가는 사람 없능교?"

넉살 좋은 노인은 가끔 능청스럽게 이런 소리도 한 번씩 한다. 이럴 때면 노인정에서 잔치를 열어주지 못하는 사람은 공연한 부담을 갖는다. 나도 이런 때면 채권자와 마주치기라도 한 것처럼 뜨끔해진다.

내가 노인정에 나가기를 그만둔 것은 이런 약간은 껄끄러운 이유가 작용했기 때문이다. 그러나 구차스럽게 할멈에게 미주알고주알 그런 까닭을 다 말하고 싶지는 않았다. 노인정에 따라서는 사정이 다를 수도 있을 것이다. 할멈이 나가려는 노인정은 여성 노인정이어서 분위기가 또 다를 수도 있지 않겠는가.

할멈은 점심을 먹고 난 뒤 별로 씻을 것도 없는 그릇을 오랫동안 열심히 씻는 것 같았다. 그러고는 밀대 끝에 수건을 감아 평소에는 늦은 하오에나 하던 거실과 안방 청소를 일찌감치 시작했다.

청소가 끝난 뒤에는 신문을 뒤적거렸다. 다시 갈 줄 알았던 노인정에는 갈 생각을 하지 않았다. 별로 할 일이 없을 때면 즐겨 보던 텔레비전은 켤 생각도 하지 않는 것 같았다. 모처럼 마음먹고 갔던 노인정에 가려고 하지 않는 것으로 봐 거기는 감칠맛 나는 곳은 영 아니었던 모양이다.

이튿날 아침, 식사가 끝나고 설거지를 마치자 할멈은 거울을 들여다 봤다. 노인정에 가지 않는 대신 일찌감치 동네 슈퍼마켓에라도 갔다 오려고 그러나? 나는 그런 걸 묻지는 않았다. 어제 갔다 온 노인정 분위기에 대해서 꼬치꼬치 묻지 않았던 것처럼.

"영감, 영감이 나가던 노인정은 어땠어요?"

거울을 들여다보며 얼굴을 만지던 할멈이 노인정 이야기를 새삼스럽게 끄집어냈다. 노인정에 가볼까 했을 때는 그곳 분위기가 궁금해서 물었을 것이다. 갔다 와서는 마음에 끼이는 것이 있어 다른 곳과 비교하고 싶어 묻는 것이 아닌가 짐작되었다. 할멈은 자신이 갔다 온 노인정에 대해서 내가 자세히 묻지 않는 것이 궁금했을지도 모른다.

"노인정은 다 그래. 그냥 그러려니 하고 놀다 오면 되는 곳이지 어렵게 생각할 곳은 아니야. 기분 나쁘면 가지 않아도 되고-."

"가지말까 했는데, 그래도 심심하니 오후에 한 번만 더 가볼까 해요."

한 번만 더 가보겠다니, 오지 않는다고 노인정에서 누가 모시러 올까. 마음에 들지 않아 가지 않아도 목을 빼고 기다리거나 찾아올 사람은 없는 곳이 노인정이다. 오래 보이지 않으면 병에 몸져 누워 있겠거니 생각하는 그런 곳이 노인정이다.

오기라도 부려서 노인정 분위기라도 확 고쳤으면 싶은 사람도 있을지 모른다. 그러나 이미 굳어져 버린 노인정의 모습은 그런다고 쉬 바뀌지도 않는다.

할멈은 그날 노인정에 갔다 온 이후에는 노인정에 나가지 않았다. 그리고 어쩐지 약간은 시무룩해진 것 같았다. 무료할 때 즐기던 텔레비전의 개그 프로그램 시간이 되어도 무심상했다.

"테순 할멈, 개그 안 봐?"

텔레비전 개그 프로그램을 즐겨 보는 할멈에게 내가 붙인 별명이 '테순 할멈'이다. 그런 테순 할멈이 개그시간이 되어도 텔레비전을 보지 않는다. 갑갑해진 내가 텔레비전을 권유했다. 그랬더니 할멈은 슬그머니 텔레비전 앞에 앉았다. 그리고 웃기는 장면이 나오자 그때부터는 시부저기 웃기 시작했다.

"노인정은 고약한 곳이에요."

웃음이 한바탕 지나가자 기분이 좀 풀렸는지 할멈은 텔레비전에서 눈을 놓지 않은 채 노인정에 대한 불평을 털어놨다. 노인네들끼리 서로 차별도 하고 이유 없는 질투도 한다는 것이었다. 또 먹을 것을 너무 밝히며, 심지어는 노인정에 들어서는 사람의 손부터 보기도 한다는 것이다. 그리고 신참이라고 덮어놓고 무시한다는 것이었다. 할멈은 그런 분위기에 기분이 상했던 것 같았다.

오거나 말거나, 놀거나 말거나, 심지어 고스톱 자리에서는 구경하는 것마저도 내놓고 싫어하는 그런 곳에는 가고 싶은 생각이 없어진 것이다.

"사람을 요리조리 재는 게 딱 싫어요. 서울 직장에 다니는 아이들이 에미 노인정에 나간다고 여기까지 와서 노인정 사람들에게 대접을 해야 하나요? 빤한 사정인데도-, 그 나이에 구질구질한 식탐이 어찌나 많은지- 원."

할멈은 평소에는 잘 쓰지 않는 말들을 내뱉었다. 자식들이 와서 대접도 하고 그랬으면 좋으련만, 우리는 사정이 그렇지 못하다. 그런 소리를 들으려니 나도 부아가 치밀었다.

"거기가 무슨 일진회인가 뭔가가 있는 학교 같은 곳인가? 노인네들이 따돌림을 다하게. 사이좋게 살아도 살날이 그닥 길지도 않으면서-."

나도 모르는 사이에 할멈 말에 맞장구를 쳐 소리가 조금 높아졌다. 그리고 내가 나갔던 노인정이 머리에 떠올랐다. 고스톱을 하다가 수가 틀리면 화투짝을 집어던지던 어떤 성질 고약한 노인의 모습도 머릿속에서 되살아났다.

"고스톱을 해도 당신은 판판이 져요. 그 사람들은 고수예요. 허구한 날 그것만 들여다보고 사는 사람들에게는 섞이지 않는 게 상책이에요. 끼워주지 않은 게 다행이었지."

"지고 이기는 게 문제가 아니라니까요. 같이 치자고 해도 자신 없어요. 근데 그까짓 게 뭐라고 사람을 따돌리는 게 기분 나쁘다 이거예요."

늙으나 젊으나 사람들은 편 만들기를 좋아한다. 정치꾼들뿐 아니다. 유치원에 다니는 꼬마들까지도 끼리끼리 논다. 온통 세상이 그렇다. 편짜고 따돌리는 것이 인간의 속성인 것을 어떻게 노인정에서만 예외이겠는가. 할멈이 노인정에 나가겠다고 할 때 곧 실망하지 않을까 하는 우려도 없지 않았다. 그렇지만 거기는 다를 수도 있을지 모른다는 생각도 했었다. 기대 같잖아 역시나 그곳도 마찬가지였다.

할멈의 지루함은 충분히 이해가 갔다. 애들이 집을 떠난 뒤 십 년이 훨씬 넘도록 판박이 생활의 계속이다. 이 나이가 되도록 생활에 아무 변화가 없으니 지루한 일상이 아니겠는가. 다른 집 영감은 산에도 간다. 밖에 나가 친구들이랑 점심도 한다. 그런데 나는 그렇지 않다. 그러니 할멈은 싫으나 좋으나 지금껏 끼니마다 나 때문에라도 같은 일을 되풀이하고 있지 않은가.

할멈도 다람쥐 쳇바퀴 돌 듯하는 그런 일상에서 벗어나고 싶었을 것이다. 이제는 노인정에도 나가서 분위기 다른 시간도 보내보고 싶었는지 모른다. 누가 그것을 탓할 수 있으랴.

몇 번 노인정에 나가봤다가 그만두고 난 뒤, 할멈은 뭘 하려다가 퇴박이라도 맞은 것처럼 기분이 씁쓸한 것 같았다. 그리고 전보다 더 심심한 것 같아 보였다.

"여보, 우리 아파트를 한 바퀴 돌아 뒤쪽 낮은 언덕까지라도 갔다 올래요? 걷는 것이 건강에도 좋다는데."

심심해 보이는 할멈에게 말을 걸었다.

"그러면 저녁은요?"

"아, 그건 갔다 와서 먹어도 되고, 아니면 어디 중간에서 맛있는 것 있으면 사 먹어도 되잖아요."

할멈은 나를 따라나섰다. 바깥 공기가 상큼했다. 기대했던 대로 할멈의 기분이 좀 밝아지는 것 같았다. 생각은 났지만 노인정 이야기는 꺼내지 않았다. 무슨 재미있는 화제는 없을까. 없다. 그래서 머리를 굴리고 있는데 감정이 전염이나 된 것일까, 할멈이 먼저 입을 열었다.

"아까 전화를 하니까 채영이가 받더라구요."

채영이는 이제 유치원에 들어간 막내의 막내둥이다.

"고게 어떻게나 입이 야무진지, 못하는 소리가 없어요. 아직 입에 젖내도 마르지 않은 게 짝지인 남자아이 누구는 좋고, 누구는 싫다느니, 심지어 걸 그룹 누가 예쁘다느니, 우리도 모르는 소리를 척척 하고 있잖아요."

서울 애들은 지방 애들보다 영악해서 그런 것 같다고 했다. 텔레비전의 영향일 것이라는 사족도 달았다. 그러면서 손녀가 눈에 선연한 듯 기분이 좋아져서 혼자 말을 이어갔다. 마음이 밝아진 할멈은 손자들에 대한 이야기를 한참 계속했다. 그러다가 약간 높아진 길에 이르자 후- 후- 하면서 걸음도 늦추고 이야기도 잠시 멎었다.

오르막은 금방 끝났다. 짧은 평지 길에 이르렀지만 이 길도 이내 내리막으로 변했다. 내리막은 완만했다. 숨을 돌려 쉰 할멈은 이번에는 지난해 봄에 대학을 졸업하고 군에 가 있는 큰 손자로 화제를 옮겼다.

"걔는 제대가 일 년이나 남았는데 취직 걱정을 많이 하나 봐요. 제 에미가 그러는데 여자 친구에는 전혀 관심이 없다나요. 그것도 제 에미는 걱정인가 봐요."

"여자 친구도 만들지 않고 취직만 생각하는 게 걱정이라니? 취직 걱정 하는 게 여자 꽁무니 따라다니는 것보다 좋은 일이잖아? 대학 졸업에 군에도 갔다 왔다면 취직을 하는 것이 당연한데 그걸 못하면 그게 걱정이지."

"모르는 소리 하지 마세요. 요즘은 중매 결혼하는 세상이 아니잖아요? 서로 사귀며 제 짝을 찾는 세상인데 여자에게 관심이 없으면 그것도 걱정이죠. 사귀어 봐야 여자에 대한 눈도 생길 텐데, 군에 가서까지 제대한 뒤 취직 걱정만 하고 있으니 제 에민 걱정이 되지 뭘 그래요?"

"…"

나는 이 대목에서는 어정쩡해질 수밖에 없었다. 그래도 평소에 생각했던 것을 한 마디 더 덧붙였다.

"걔 걱정은 일류회사에 들어가는 것이겠지. 좋은 중소기업도 얼마든지 있잖아. 그런데 들어가서 열심히 일하며 사장 수업이나 착실히 한 뒤 괜찮은 회사 하나 제가 만들어 독립하는 것도 젊은 사람이 택할 수 있는 좋은 방법 아냐?"

"그건 영감 생각이에요. 요새 딸아이들은 작업복에 기름칠하며 공장에서 일하는 청년들에게는 아예 눈길도 주지 않아요. 넥타이 매고 양복차림으로 출근하는 일류회사 사원이라야 관심을 갖는다는 거예요. 그러니까 결혼이 늦더라도 일류회사 들어가려고 눈이 벌겋게 되는 것 아니겠어요?"

그렇더라도 일자리 구하기가 이렇게 심각한데 일류만 찾는 요새 청년들의 직업관에는 분명히 문제가 있다. 중소기업은 있는데 거기서 일하는 사람이 없어질 판이기 때문이다. 그래서 벌써 중소기업은 중진국이나 후진국에서 온 외국인들의 일터로 변해가고 있는 것이 아닌가. 그러나 나는 입을 닫아버리고 그 문제에 대해서는 더 말하지 않았다. 할멈 기분 전환을 위해 나왔는데 논쟁이나 벌일 일은 아닌 것 같아서였다.

"그건 그렇고 저녁은 뭘 먹고 싶어?"

집이 가까워지자 화제를 바꿨다. 생각했던 대로 오랜만에 외식이라도 하면서 속상했던 할멈의 마음을 어루만져주고 싶어서였다.

"이제 다 왔는데, 반찬은 없지만 그냥 집에서 먹어요."

할멈은 절약에 이골이 난 사람이다. 없는 살림에 애들 기른다고 매사 아끼는 것이 몸에 배어 있다. 한 푼이라도 아끼자는데 어떻게 반대할 것인가. 요즘 들어서는 깍쟁이 살림이 좀 풀어지는 것도 같더니만 역시 아낄 수만 있으면 아끼는 버릇은 여전했다. 그냥 편하게 근처에서 뭘 하나 사 먹고 들어가려던 생각은 접고 집에서 할멈이 준비해 주는 것으로 저녁을 끝냈다.

할멈과 함께 집 주변을 한 바퀴 도는 것도 괜찮았다. 그래서 우리는 이튿날도, 또 그 이튿날도 집 근처를 걸었다. 왁자지껄한 텔레비전 소리가 없고 뭔가 기분도 홀가분해졌다. 평소에는 잘 하지 않던 이런저런 이야기도 하게 되었다. 이야기 때문만은 아니지만 걸을 때는 가능하면 늘 천천히 걸었다. 어느덧 둘 다 무릎이 시원찮아졌기 때문이다. 빨리 걸으면 숨도 찼고, 또 빨리 걸어야 할 이유가 없었다.

어떤 날에는 반환점을 돌아오면서 조문 갔던 이야기도 했다. 할멈은 조화가 지나치게 많은 곳도 있고, 조화가 없는 곳도 있어 같은 죽음인데도 차이가 크더라는 말을 했다. 그러면서 꽃이 망자의 저승행과 무슨 관계가 있느냐는 말도 했다. 나도 그 말에는 동감이었다.

사실 요즘의 영안실은 한 가지뿐이면서 여러 가지다. 모든 영안실은 그 모양이 천편일률적인 사각형이다. 조문객에게 나오는 음식도 돼지고기에 소주, 그리고 시락국이다. 그러나 그 천편일률 안에서 조문객 중 어떤 사람은 영정 앞에 국화를 올려놓고 서서 기도하고 다른 사람은 엎드려 절을 한다. 망자의 아들딸은 서로 종교가 달라 찬송가와 찬불가에 스님의 독경이 등장하기도 한다. 경우에 따라서는 손뼉을 치면서 지르는 종교의식의 소리까지 들리기도 한다.

짬뽕 조문은 새로운 풍경은 아니다. 그러나 할멈으로서는 충분한 화젯거리가 된다. 상주들이 종교문제로 영안실에서 서로 부딪친다니 우습지 않은가. 그러다가 고성이 오가기도 한다. 그럴 때 영정 속의 사진은 그 장면을 내려다보면서 어떤 생각을 할까. 저렇게 지극한 효성의 덕으로 천당이나 극락 가는 것은 떼 놓은 당상이라고 생각하는 것일까. 그래서 빙긋이 웃고 있는 것일까.

어쨌든 영안실 이야기는 우습기도 했고 입맛이 쩝쩝하기도 했다. 얼마 지나지 않아 우리도 영정 속에서 그런 꼴을 내려다봐야 될지도 모르기 때문이다. 죽고 난 뒤에야 장례 절차가 이렇든 저렇든 망자가 뭘 어떻게 알며 어떤 느낌을 갖는단 말인가. 그래도 죽음을 둘러싼 그런 장면은 보기 좋은 모양새는 아니었다.

집안 애들의 출산이 임박했을 때는 할멈은 초상집 조문을 피했다. 이제 곧 이 세상에 올 손자 손녀를 위해 액운을 피해야 한다고 생각했던 것이다. 요즘의 나도 영안실 찾는 것이 마음에 내키지 않을 때가 있다. 그럴 때는 조문을 하지 않는다. 아들딸 나이의 요절한 영정에다 백발을 이고 절하기는 민망하다. 거기 앉아 소주를 마시고 있기도 계면쩍어 조의금이나 부치고 만다.

어떤 조문은 하고 나면 기분이 영 떨떠름할 때도 있다. 상주가 방바닥을 두드리면서 고래고래 소리치며 우는 것도, 지나치게 엄숙하고 경건한 척하는 태도도 요새 말로 진정성이 없다고 느껴질 때가 있다. 살았을 때 과연 저 정도로 뼛속까지 효도를 했을까. 그런 생각을 하면 과례는 비례로구나 싶어진다. 그럴 때는 그런 조문은 하지 않은 것만 못하다는 기분이 들기도 한다.

애통해하던 아들은 조문객이 뜸한 야밤중에는 언제 그랬냐는 듯 소주에 취한 채 곤드레만드레 고스톱을 하고 있는 장면 또한 좋은 그림은 아니었다. 어쩌다 보지 않아도 될 그런 민망한 장면을 보게 될 때면 애도하던 기분이 굳어서 화석이 되고 만다.

그러던 어느 날 오후. 할멈은 느닷없이 나에게 고스톱을 하자고 했다.

"고스톱은 둘이 하는 것이 아니잖아. 셋이서 하는 걸 어떻게 둘이

서 해?"

"둘이서 할 수도 있는데, 어떻게 하는지 당신은 그걸 몰라요?"

"모르는데"

"그럼 민화투 해요. 그건 알잖아요?"

나는 집안 어디엔가 있을 화투를 찾았다. 그러면서 왜 갑자기 할멈이 나에게 화투를 하자는 것일까 생각해 봤다. 노인정에서 고스톱하는 노친네들이 할멈은 쳐다보지도 않았다고 했다. 그래서 따돌림당했다고 생각하는 게 틀림없다. 그런 소외감의 보상 심리가 느닷없이 나에게 화투를 하자고 한 것이 아니겠는가.

소외의 보상 심리, 그래, 그런 보상은 마음의 균형을 잡기 위해서라도 필요하겠지.

그러나 화투가 어느 구석에 들었는지 잘 찾아지지 않았다. 새것을 사려고 밖으로 나가려는데 할멈이 어디서 하나 찾아냈다. 집안에서 뭘 찾는 것은 언제나 내가 백전백패다.

우리는 담요를 펴놓고 화투를 시작했다. 고스톱은 둘이서 안 되니까 민화투를 했다. 겨우 동전 몇 푼을 앞에 놓고 때로는 긴장하고, 때로는 방심했다. 그러면서 졌다, 이겼다, 아웅다웅하기를 되풀이했다. 할멈의 평소 성격은 느긋한 편이다. 그런데 이 화투에서는 지지 않으려고 기를 쓰는 것이 보통이 아니었다.

정말 오랜만의 화투여서인지 역전에 역전을 거듭하는 것이 재미있었다. 명절 때 아이들이 와서 저들끼리 하는 것을 보긴 했지만, 역시 승패가 되풀이되는 것은 삶의 축도 같았다. 판돈은 지폐도 아니다. 동전 몇 푼이다. 그래도 지는 것보다 이기는 것이 훨씬 재미가 있다. 늙어도 버리지 못하는 물욕, 작은 것인데도 할멈에게 지는 것까지 애석하게 생각되는 심리, 이기면 비로소 채워지는 만족감. 화투는 이래서 재미있는 것일까.

오랜만의 이 스릴은 마을을 한 바퀴 도는 것마저 잊게 했다. 저녁 식사 시간마저도 넘겼다. 승부욕은 집착에서 비롯되는 것이 분명했다. 허연 머리칼이 반사되는 형광등 아래서 한쪽 다리를 쭉 뻗고 앉아서 우리 둘은 동양화의 세계에 빠져 이기려고 버둥거린다.

이 장면은 「타이피스트」 속의 주인공이 퇴장하는 장면과는 다른 것 같았다. 허망이 없었기 때문이다. 그리고 화투장 안의 꽃그림을 눈을 크게 뜨고 서로가 열심히 찾고 있었기 때문이다.

영안실의 영정 앞에 화투 한 모를 놓아둔 것을 본 적이 있다. 저 승까지 가지고 가서 거기서도 계속 즐기라는 뜻이었을까. 우리 두 양주는 저승까지 가지고 갈 것도 없이 이승에서 꽃의 그림자를 즐기는 것도 좋겠다는 생각을 했다.

노인정보다는 집이 훨씬 편하다. 다리야, 허리야, 하지 않는다면 동네 노인정보다 편한 여기서 두 다리 쭈욱 뻗고 다투는 듯 양보하는 듯 꽃그림자 속을 헤매는 것이.

따로 쓰게 된 방 ——

가족 재회, 명절이면 시끌벅적해
지는 우리 집 이야기다.

손자 손녀들이 작년보다 훌쩍 커버렸다. 그래도 명절이라고 찾아
와 복닥거리는 것이 내 눈에는 아직도 귀여운 강아지 새끼들에 다름
아니다. 그 가운데는 벌써 변성기가 된 놈도 있다. 그런 놈들이랑 하
루를 보내기란 힘겹다. 그래서 명절은 힘들기도 하지만, 그래도 기다
려지는 날이다.

평소에는 절간 같이 조용하고 냉랭한 집이 이날은 온통 뜨거워지
기도 한다. 혼쭐이 나간다더니 가끔씩은 그렇다. 거실 바닥에서 뛰
고 구르고 넘어지고 자빠져 우는 작은 놈들도 있다. 그래도 사람 사
는 게 바로 이런 모습 아니겠는가.

야단법석 속에 시간이 휙 지나간다. 날이 채 저물기도 전에 아이
들은 제 새끼들 손을 잡고 서둘러 제집이 있는 서울로, 어디로 떠나
버린다. 종일 새집을 털어놓은 것 같이 어수선하고 정신이 없던 집
안은 그때야 비로소 조용함을 되찾게 된다.

절간 같은 집이 온통 북새통이 되어도 영감은 귀찮은 내색을 전
혀 하지 않았다. 귀찮은 내색은커녕 명절이 가까워지면 뭐 맛있는

것 많이 준비하라고 채근이다. 나이가 들면서 나는 무릎이 자꾸 시원찮아진다. 시장가는 일이나, 서서 명절 음식 준비하는 일은 여간 힘들지 않았다. 앉아서 세배를 받는 일마저도 무릎 때문에 힘든 터이니까.

피붙이가 뭔지, 명절이면 집안이 난장판이 되어도 나도 그게 싫지 않다. 거기에다 애들이 부산을 떨다가 찢고 불고해도 우리 생애에 몇 번이나 더 볼 수 있으랴 싶으면 그게 오히려 귀엽기만 하다. 그래서 그렇겠지, 영감은 손자 손녀들이랑 애써 섞여 놀려고 하고, 애들에게 힘든 구석을 보이지 않으려고 애를 쓴다.

귀엽고 부산하기만 하던 그런 손자 손녀들이지만 돌아가고 나면 나른한 해방감에 오련해진다. 애들이 켜두었던 텔레비전은 혼자서 뭐라고 떠들어도 떠들거나 말거나 먼저 방으로 들어간 영감은 녹초가 됐는지 조용하다.

요즘 계속 영감의 건강은 내리막이다. 나이 앞에 장수가 있으랴만, 일흔 살을 넘기면서 쇠약해지는 것이 눈에 뜨인다. 오늘도 발도 씻지 않은 채 자리에 누워버린 것 같다. 낮 동안 아이들 속에서 많이 피곤했던 모양이다.

퇴행성관절염. 기다렸던 명절이지만 키 크는 손자들과 비례해서 나를 왜소하게 만들며 부담스럽게 하는 것이 이 퇴행성관절염이다.

세상 며느리들은 요즘은 명절이 가까워지면 명절증후군에 시달린다고 한다. 심지어 명절 노이로제에 걸릴 지경이라고들 한다. 하기야 나도 젊을 때부터 하던 일이건만 시어미, 할매가 된 지금도 명절 준비는 힘들다. 손자들을 만나면 즐겁지만 명절이 가까워져 오면 음식 준비할 걱정에 공연히 가슴이 답답해지기도 한다.

하긴 일흔을 넘긴 나이에 추운 날 절룩거리며 명절준비를 하기란 누구에게나 쉬운 일은 아니겠지. 종일 서서 전 굽고 나물 무치는 일은 중노동에 진배없다. 그래도 평소에는 만나기 쉽지 않은 강아지들이 오는데, 할머니- 소리만 들어도 마음이 자그러워지는데 어떻게 성의 없는 준비를 할 수 있으랴.

영감도 명절이 가까워지면서 몇 번이고 애들 좋아하는 것 많이 하라고 되풀이 말했다. 그러면서도 무리하지 말고 편하게 하라고 했다. 아무리 그래도 바늘허리에 실을 매서는 바느질이 안 된다. 대강대강 해도 일손이 잡히는 것은 마찬가지다. 무릎도, 허리도 시원찮아 힘들지만 명절 음식이란 게 그렇다고 간단하게 되는 게 아니다.

몇 해 전만 해도 일하는 것이 이렇게 부담스럽지는 않았다.

집안이 복작거려야만 활기가 넘치는 것 같았다. 세배하는 아이들이 몰려와야 나도 의젓해지는 기분이 들었다. 그때는 영감도 아직 벌이가 있어 세뱃돈도 푸짐했다. 애들에게 한 푼씩 척척 쥐어주면 역시 주는 재미도 있었다.

그러나 요즘은 큰 손자는 물론, 초등학교 꼬마 손녀까지도 상대하기가 버겁다. 세뱃돈의 단위도 높아졌고 노는 것도 옛날 아이들과 다른 데가 많다. 귀여우면서도 해가 한낮을 돌아 나가면 내심 녀석들이 좀 일찍 돌아가서 어서 쉴 수 있었으면 좋겠다는 갈등이 생기기도 한다.

애들이 돌아간 뒤 집안이 조용해지자 어질러진 거실 여기저기를 대강대강 마른걸레로 훔쳤다. 세수를 하고 난 뒤 잠든 영감이 행여 깰지도 몰라 소리를 죽이고 조심스럽게 옆에 자리를 펴고 들었다. 허리를 주욱 펴자 우두둑 소리가 났다.

한동안은 영감과 딴 방을 썼다. 그러나 몇 년 전부터는 다시 같은 방을 쓴다. 텔레비전에서 돌연사 뉴스를 보고 난 뒤부터다.

옆에 사람이 있으면 얼마쯤은 귀찮지만, 그래도 그게 조금은 더 안심이 될 것 같았다. 만약 둘 가운데 누구 하나라도 잠자다가 갑자기 뇌졸중 같은 날벼락이라도 맞으면 곁에서 알기라도 해야 한다. 몰랐다가는 정말로 속수무책이 되기 때문이다.

뇌일혈이나 심장마비의 경우는 아무리 늦어도 3시간 안에는 병원에 도착해야 한다고 그런다. 그래야 생명을 구할 수 있다는 것이다. 옆에 아무도 없으면 그 황금시간을 놓칠 수 있다. 그런 비극을 막자면 영감과 나는 다시 한 방을 써야 한다.

이 말을 들은 영감도 합방을 하자는 내 의견에 허허 웃으며 동의했다. 그것이 고려장 할 나이도 넘은 우리가 합방을 하게 된 이유다.

영감은 젊었을 때도 술을 즐기지는 않았다. 이제는 영 마시지 않는다. 잠잘 때도 코를 고는 일은 거의 없다. 이미 숨소리는 고르고 잠도 조용히 잔다. 그래도 노인성 고혈압에 부정맥이라니 항상 조심한다.

잠자리에 들기 전에는 다리를 끌면서 나는 늘 그랬던 것처럼 가스관을 잠그지 않았는지 확인한다. 전기스위치도 뽑았는지 확인하고 현관문도 확인한다. 잠갔는지 어쨌는지 아리송하면 도무지 누워 있을 수가 없다. 그럴 때면 귀찮지만 무릎을 짚고 힘겹게 일어나서는 다시 현관을 확인하기가 몇 번이었던가.

오늘도 천근만근 무거운 몸을 이끌고 거실 전등을 끈 뒤 방으로 들어와 영감 옆자리에다 가만히 내 자리를 폈다. 몸을 누이고 허리를 펴자 전신이 우두둑 욱신거리는 것이었다. 그럴 때면 젊을 때 직업이 서서 일하는 교사였기 때문에 관절에 무리가 가서 그렇다는 생각을 가끔씩 한다.

허리를 억지로 펴고 누워 심호흡부터 했다. 빨리 잠이 들지 않을 때는 하나둘 하면서 숫자를 세기 시작한다. 이때는 다른 생각은 모두 접는다. 오직 다음 숫자만 생각해 낸다. 그러다 보면 잡념이 끼어들 틈이 없어진다. 심장 박동이 일정해지며 숨결이 골라 빨리 잠이 들 수 있게 된다.

낮 동안은 꽤나 피로했던 모양이다. 밤에는 너무 편하게, 그리고 금방 잠을 이룰 수가 있었다. 영감은 나보다 먼저 잠이 들어 수면의 깊은 늪 속으로 가라앉아버린 것 같다. 잠이 들면 그 순간 옆에 있는 사람은 어디론가 휘발해버린다. 사랑도 걱정도 함께 휘발해 인간의 기미마저 없어진다. 그리고 적막함만 떠돈다.

우리 두 양주는 만약 자다가 누구에게라도 급한 일이 생기면 먼저 119에 전화부터 하기로 했다. 병원에 옮겨진 뒤 소생 가능성이 없다면 절대로 억지 연명치료는 하지 말자고 했다. 기대수명도 알 수 없이 숨만 쉬는 삶은 이미 삶이 아니다. 사람 구실도 못하는 삶은 오직 주변에 짐이 될 뿐이다. 그런데도 연명치료로 식물처럼 산다는 것은 의미 없는 짓이다.

영감과 나는 이 문제에 대해서는 전적으로 같은 생각이었다. 뇌사상태에 빠지게 되면 지체 없이 장기를 기증하자는 것까지 생각이 같았다. 영감은 안구를 장기기증의 예로 들었다. 사람이 죽어 저승에 갈 때 눈이 없어 저승을 찾지 못하고 구천을 떠돌 수밖에 없게 된다면 혹시 몰라도, 그렇지 않다면 죽은 사람에게 안구는 아무 짝에도 쓸모가 없다고 했다.

나도 전적으로 그런 생각에는 동감이었다. 죽을 때 누군가에게 빛을 주고 죽을 수 있다면 얼마나 좋겠는가. 쓸모없게 된 눈의 가치가 얼마나 높아지겠는가. 영감은 장기기증 문제를 두고 도리어 나를 설득했다.

그런 영감이 지금 잠의 늪에 가라앉아버렸다. 곁에 사람이 누웠는지도 모른다. 다시 생각해도 깊은 잠에 빠지면 의식은 천 길 수면 아래 적멸의 세계로 내려가거나 아니면 허공으로 증발해버리는 것 같다. 곁에 있는 사람의 숨소리는 무중력 속에서 흔적 없이 혼자 떠돌고 있는지 모른다.

신랑에게 안겨 자는 것은 역동적이었다. 그 역동성에 빠져 젊은 날의 나는 자꾸 신랑 품에 안겨서 잠들고 싶어 했다. 그러면서도 잠들지 않고 깨어 있고 싶은 이중성을 수없이 체험했다. 신랑도 밤이 되면 내가 품속으로 안겨들기를 곧잘 기다렸다.

직장에서 돌아와 좀 늦게까지 어쩔 수 없이 내가 거실에 앉아 잔

일을 할 때면 신랑은 오는 잠을 밀치며 잔기침을 했다. 젊은 날 우리가 방안에서 서로 만날 때면 늘 시부모가 있는 방 쪽으로 신경을 곤두세우곤 했다.

그러나 영감이 된 이제는 할멈이 곁으로 오는지 마는지, 잠이 들었는지 말았는지, 그런 것에는 별 관심이 없다. 곁으로 오는지가 아니라 곁에 누가 있는지 없는지, 그것도 제대로 모를 정도다. 그래저래 귀찮다고 우리는 다른 방으로 옮겨 자게 되었다.

한 달에 한 번씩 만나는 동창 모임에서 합방을 이야기했다. 합방을 시작한 것은 그러고 보니까 나뿐이 아니었다. 진작 합방을 한 친구 가운데 한 명은 영감과 합방을 하자 큰딸이 '엄니는 좋겠다'라면서 웃더라는 이야기까지 했다. 내가 친구들보다 일찍 합방한 것도 아니었다. 모두들 합방을 자랑할 나이도 아니고 부끄러워 감춰야 할 나이도 이미 아니었다.

세월은 아무 표정이 없다. 시간은 사람에게 변덕을 부리도록 무대 뒤에서 조종하는 마리오네트의 대잡이와도 같다. 인간은 시간이라는 대잡이의 손놀림에 따라 움직이는 인형에 다름 아니다.

떨어져 자던 부부가 다시 합방을 할 때는 합방이 허용되는 기간이 그다지 길지 않게 되었을 때다. 늙으면 어느 사이엔가 손발이 식는 것처럼 열정도 어느 틈엔가 젊을 때와는 다르게 식어 있다. 곰삭은 세월이 또 얼마쯤 지나면 이번에는 부부가 영원히 떨어져 숨소리도 체온도 느끼지 못하는 잠을 자게 된다. 이 세상의 방과 저 세상의 방으로 옮겨 서로가 따로따로 자야만 하기 때문이다.

그와 같은 이별의 잠자기를 늦추기 위하여 우리뿐 아니라 다른 나이 든 부부들도 합방을 한다. 합방은 별방의 예비행사인 셈이다. 그 예비행사를 앞두고 우리는 명절이면 되풀이되는 가족 재회에서 삶의 찬란한 빛 부스러기를 만져보는 것이다.

나의 첫 부임지는 산간벽지의 초등학교였다.

부임지로 나를 싣고 가던 버스는 학교 입구로 연결되는 들판의 길목에서 멎었다. 버스가 멎자 차를 따라오던 신작로의 먼지가 나를 차갑게 덮쳤다. 입춘이 훨씬 지났건만 부임지의 산하는 냉담하기만 했다.

보퉁이 하나만 손에 들고 낯선 곳을 두리번거렸으나 주위는 기괴할 정도로 조용했다. 피부를 스치는 바람마저 주변의 풍경처럼 을씨년스러웠다.

교사가 됐다고는 하지만 사범학교를 졸업하니 만 열일곱. 난생처음 직장을 찾아가는 소녀니까 누군가가 동행을 해줄 만도 했다. 그러나 아버지는 조그마한 가내공업의 영업 일로 내가 부임지로 떠나는 날도 아침 일찍 밖에 나가신다고 정신이 없으셨다. 어머니도 동생들을 돌보며 살림살이를 하면서 아버지 사업까지 거들어야 했다. 잠시라도 공장을 겸한 집을 비울 틈이 없었다.

홀로 버스에서 내려선 나는 동서남북을 제대로 구별할 수가 없었다. 휑뎅그렁한 들판과 학교로 이어질 것 같은 긴 외길만 보였다. 오른쪽은 낮은 산자락이 흘러내리며 넓은 비탈 논을 만들었고, 평평한 곳을 가로지르며 신작로가 뚫려 있었다. 그 비탈 가장자리 논 옆으로는 개울이 차갑게 반짝이며 흐르고 있었다.

개울을 건넜다. 산기슭에 초가집 몇이 다정하게 엎디어 있다. 일 나가는 아낙을 붙들고 학교가 얼마나 머냐고 물었다. 저어기 산모롱이를 돌아 10리쯤 더 들어가면 마을이 있고 거기 학교가 있다고 했다.

터벅거리며 찾아간 키가 낮은 학교에는 젊은 교장 선생님이 나의 부임을 기다리고 있었다. 그는 내게 묻지도 않고 친절하게 아이들이 있어 좀 시끄럽긴 하지만 방을 구할 때까지 교장 관사의 빈방을 쓸 수 있도록 해 놨다고 그랬다. 큰 걱정 하나를 덜었다. 고마워도 마음이 울컥해진다는 것을 처음으로 느꼈다.

남자 교사 한 명이 쌀랑한 운동장에서 아이들과 공차기를 하고 있었다.

교장 선생님께 부임 인사를 하고 난 뒤 들고 갔던 짐을 다시 챙겨 들었다. 교장실을 나서자 공을 차고 있던 젊은 교사가 교장 선생님의 연락을 받고 뛰어와 들고 있는 보퉁이를 교장관사까지 옮겨다 주었다. 그는 이웃 면의 면장 아들. 봄방학인데도 4월 개학의 준비를 위해 학교에 나온 부지런한 청년이었다. 그런 그가 학교에 나왔다가 나의 부임과 마주친 것이다.

착하디착한 교장댁 사모님의 도움으로 며칠 뒤에는 학교 근처에 방을 구해 자취생활을 시작했다.

시골의 새떼는 꼭 노을이 질 때면 짹짹거리며 둥지를 찾았다. 나는 그 새들의 짹짹거리는 소리와 함께 자취방으로 돌아와 굴뚝에 연기를 피워 올렸다.

모든 게 서툴기만 했다. 그렇지만 하루하루가 새롭고 재미있는 나날이었다. 그 남자 교사는 사범학교 선배이기 때문에 별 어렵지 않게 내 자취방을 들락거렸다. 솜씨 없는 반찬이었지만 이따금 석유 등잔에 불을 밝히고 함께 먹는 저녁밥도 기분만은 진수성찬에 못지 않았다.

서로가 정이 들고 의지하게 되었을 무렵 그 부지런한 선배 교사는 부산으로 전근을 가버렸다. 그가 떠난 뒤 객지의 외톨이가 이런 것임을 문득문득 느끼게 했다.

그때부터 부쩍 서둔 교장 선생님의 중매로 우리는 결국 부부가 되었다. 부임지에서의 근무연한을 다 채우지도 못했지만 부부 교사는 같은 지역 배치가 가능했기 때문에 부임 2년 만에 나도 신랑을 따라 부산으로 옮길 수 있었다.

부산 생활 몇 년 사이에 아이가 둘이나 태어났다. 그제야 남편은 중학교 교사가 되고 싶어 안달했다. 중등학교 교사가 태부족일 때여서 자격증만 있으면 중학교로 옮기는 것은 여반장이었다.

26살에 그이는 야간대학에 들어갔다. 사회과 2급 정교사 자격증을 받기 위해서였다. 적성에 맞아야 한다면서 역사를 전공했다. 역사과목은 희망자가 많지 않아 그 당시로써는 대학 진학도 어렵지 않았다. 그이는 중·고등학교가 계속 신설되고 있는 대도시에서 초등학교 교사로는 만족할 수 없었던 모양이다.

중등학교 2급 정교사 자격증을 거머쥔 그이는 마침내 갈망하던 중학교 교사가 되었다. 그리고 또 몇 년이 지난 뒤에는 고등학교 교사가 되었다. 그렇게 바쁘게 상급 학교로 옮겨가면서 그이는 늘 새로운 교재준비에 여념이 없었다. 일요일에도 책과 도시락을 싸들고 학교로 가버렸다. 그런 동안에도 막내로 태어난 딸아이까지 아이들 셋은 건강하고 착하게 저들끼리 무럭무럭 잘 자랐다.

그이는 뭐든지 하면 열심이었다. 그게 큰 장점이었다. 그러나 그게 단점이기도 했다. 일요일에도 학교로 가버려 아이들은 훌쩍 커도 언제나 바쁘기만 한 아버지와는 따로 놀았다.

일요과부가 되어도 나는 그이에게 전혀 불만스럽지 않았다. 휴일이면 내가 김밥을 싸 아버지 대신 아이들 손을 잡고 바닷가나 공원으로 가곤 했다. 힘들긴 해도 열심인 남편과 건강한 아이들이 언제나 가슴을 뿌듯하게 했다. 제대로 돌봐주지도 못하건만 학교성적이 괜찮은 아이들이 마냥 고마웠다.

젊은 교사, 패기 있는 교사, 연구하는 교사- 지금은 까마득한 옛이야기가 되어버렸다. 그러나 그이는 40대에 이르도록 그런 자랑스러운 명찰을 달고 열심히 살았다.

아이를 잘 길러야 되겠다. 나에게는 그게 지상의 과제였다. 그렇기 때문에 나는 처음부터 신분 상승의 꿈은 꾸지도 않았다. 그런 나에게는 초등학교 교사로서도 나날이 만족스럽기만 했다. 학교를 마치면 바쁘게 집으로 왔다. 그리고 더 많은 시간을 집에서 아이들과 함께 보내는 것이 마냥 즐거웠다. 아이들의 뒷바라지를 위해서 나는 큰마음 먹고 드디어 학교를 그만뒀다.

그때부터는 내가 과외수업 교사가 된다는 심정으로 영어공부를 독학으로 시작했다. 몹시 어려웠지만 그때 헤밍웨이도 읽었고 난생 처음으로 스토우 부인이 쓴『톰 아저씨의 오두막집』도 읽을 수 있었다.

큰아이는 제대하고 이내 복학했다. 둘째 아이도 대학 상급생이었다. 막내둥이 딸만 고등학생이었다.

큰애는 서울에 있는 이른바 명문 사립대학에 다녔다. 둘째는 요행히 국립대학에 들어갔다. 거기에다 전액 장학생이었다. 그래서 수업료 부담도 비교적 덜했다. 젊을 때 부부 둘이서 벌었다고는 하지만 이제는 한 명의 월급으로 애들을 둘씩이나 서울로 유학시키려니 힘에 부쳤다. 매달 하숙비며 책값, 거기에다 용돈까지 보낸다고 허둥댔다. 막내딸의 수업료도 만만하지 않아 모두를 감당하기에는 숨이 찼다.

아이들을 잘 길러야겠다고 교사직을 그만둔 것이 결국에는 내 스스로 자충수를 둔 꼴이 되고 말았다. 점점 후회스러웠지만 감수해야 할 수밖에는 아무 다른 방법이 없었다.

그이는 과외수업이라도 했으면 좋겠다고 했다. 쪼들림에서 벗어나고 싶어서 그랬다. 그러나 남들이 다 하는 과외수업도 사회과 교사, 특히 역사 과목 교사에게는 할 수 있는 길이 거의 없었다. 입시에서 푸대접받는 과목에다 역사는 일부 정치적 시각과 분위기와도 관계가 있어서 그때는 그랬는지 몰랐다.

고등학생인 딸아이의 수업료도 꼼꼼히 계산해보니 보통이 아니었다. 거의 대학 등록금 수준이었다. 그런데도 모순인 것은 고등학교는 전액 장학금이나 반액 장학금이 거의 없었다. 아이들 셋을 공부시키며 균형이 무너지지 않는 살림을 살기 위해서는 새로운 방법을 찾지 않을 수 없었다. 결국 국어나 영어와 같은 중요 과목은 내가 공부해서 아이들에게 가르쳐 주며 과외 수입금을 합쳐 살림을 아껴 사는 수밖에 다른 아무런 방법도 찾을 수가 없었다.

남의 아이는 가르치면서 제 아이 가르치기는 벅찬 것이 교사의 수입이었다. 이 역설을 해결하기 위한 답을 찾을 수 없으니 아이들이 자랄수록 어려움은 가중될 뿐이었다. 아이들이 상급 학생이 될 때면 늘 새로운 어려움이 뒤를 이었다. 부쩍부쩍 크는 아이들의 옷가지까지도 그랬다.

둘째 애는 자라면서 그럭저럭 동네 형들의 옷을 얻어 입으면 됐다. 그러나 막내는 사정이 좀 달랐다. 여자애라서 그런지 남의 옷 입는 것을 못마땅해했다. 그래도 대책이 없었다. 결국 상급생인 내 친구 딸의 옷을 물려받아 깨끗이 손질해 입혔다.

워낙 빠듯한 살림이니까 애들의 용돈도 줄일 수 있는 데까지 줄였다. 어찌 한창으로 자라는 애들에게 불평이 없기야 했으랴만 그래도 애들은 잘 참아줬다. 나는 그저 엄마의 자린고비 살림살이를 이해해줘 고맙다고 여길 뿐이었다.

지금은 생각하기 어려울 만큼 그때는 절약할 수 있는 한계에 이르도록 절약을 했다. 미장원 가지 않기를 생활화했고, 반듯한 옷가지 하나 사 입지 않는 것도 체질화했다. 그래도 애들만 보면 힘이 솟았다.

자율학습한다고 밤늦게 돌아오는 아이들을 기다리면서 앉은 자리에 앉아서 많이도 꾸벅거렸다. 그러면서 한 해 두 해 늙어간 것 같다. 그래도 열심히 공부하고 밤이 깊어서야 돌아오는 아이들을 위하여 삶은 고구마 하나, 또는 라면이라도 하나 끓여 먹이는 것이 행복했다. 그것이 그즈음의 나의 밤낮이었다.

40대 중반에 그이는 교감 자격증을 취득했다. 교감이 되고 얼마 지나지 않아 교장 자격 강습도 끝냈다. 그리고 승진발령을 받기 위하여 힘을 기울였다. 그때 나는 그이가 얼마 오래지 않아 교장이 될 것이라고 믿었다.

그이는 성실했다. 평교사 때는 열정을 다 쏟아 열심히 가르치는 교사였다. 그래서였겠지, 실력 있는 교사라는 평판이 늘 그에게 붙어 다녔다. 그런 사람이 승진에서 불리할 이유도, 교장이 되는데 부족할 이유도 있을 수가 없다고 생각했다.

그렇다고 그이에게 흠이 없는 것은 아니었다. 술을 잘 살 줄 모르는 짠돌이라는 게 대표적인 예다. 거기에다 때맞춰 상사에게 손을 잘 비비지도 못했다. 그것도 세속적인 관점에서 보면 큰 흠이 아닐 수 없었다. 그런 흠이 승진의 장벽이 되었는지 그이는 조건을 다 갖추고도 승진에서 누락되고 말았다. 예상 밖이었다.

지금 와서 생각해 보면 그때의 승진누락도 그렇게 상심할 일은 아니었다. 승진 기회를 두 차례 날려 보내자 문제는 자연스럽게 해결되었다. 세속적 흠이 있기로서니 공적인 흠이 없는데 몇 차례나 승진 기회가 무시될 수는 없었기 때문이었다.

그런데도 제때 승진에서 누락되었을 때 그이는 속상해했다. 적극성은 좋지만 느긋하게 기다리지 못하는 것은 싫었다. 생각했다 하면 그것을 실천에 옮기고 실천에 옮기면 결과를 봐야 하는 성격은 어찌 보면 너무 외골수 같았다. 그렇지만 나는 그런 성격도 분명하고 추진력 있는 것이기에 나쁘게만 생각하지는 않았다.

마침내 승진이 결정됐다. 그이는 몹시 기뻐했다. 변두리 신설학교로 발령되어도 불만이 없었다. 그러나 시간이 지나면서 교사의 경험이 있는 나의 눈에 비친 교장 자리는 옛날 같은 권위 있는 자리는 아니었다. '교장'이라는 허명의 비중만 커진 것이 교장이었다. 월급 조금 오르면서 책임만 허리가 휘게 늘었다.

교장은 수업을 하지 않아도 됐다. 편할 것 같았다. 그러나 쏟아지는 상급관청과 관련 기관의 각종 행정지시, 협조 요청 처리는 힘에 벅찼다. 거기에다 각종 보고며, 잡스러운 일을 처리하는 것은 수업보다 숨찼고 사람을 긴장하게 했다. 그래도 그이는 군담 없이 주어진 이런 일들에 부지런했다.

그래도 아이들의 건강한 성장은 계속됐다. 뒷바라지도 그만큼 신경 써야만 했다. 교장이 되었다고 해도 대학원생 1명과 대학생 2명의 아이 뒷바라지에는 여전히 힘에 부쳤다. 아니, 아이들의 성장에 따라 그 정도가 더했으면 더했지 덜하지는 않았다.

교장이 되는 일은 자격과 시간이 해결해 주었지만 뒤따라오는 갖가지 일들에는 마음을 괴롭히는 부담도 붙어 있었다. 행정적 해결을 위한 판단과 수완은 물론, 심지어 학생들끼리 싸움한 것까지 해결해야 되는 것이 교장의 일이었다.

특히 힘든 일은 교사들 간의 갈등조정이었다. 인간 세상 다 그렇겠지만 명색이 지식인 집단인 교사들 사이의 불화를 조정하는 일은 무지렁이들의 싸움을 말리기보다 더 어려웠다.

그러나 술을 그다지 즐기지 않으니 자연히 영감에게는 술 때문에 일어나는 잡음이나 실수는 있을 수 없었다. 염결성 때문인지는 몰라도 도덕성 해이에 대한 손가락질도 받을 일도 없었다. 그런 쇄사에서 한발 비켜 있으니 자연스럽게 갈등에서도 비켜나 있는 셈이었다.

영감은 자상하면서도 엄격했다. 학년이 바뀔 때나 명절 때 교사가 집을 방문하는 것은 일절 받아들이지 않았다. 그만큼 담임 배치 인사에서 원칙을 지키려고 애쓰는 상관이기도 했다. 어떻게 보면 정이 없는 상관이었는지도 모른다. 그래서 영감을 싫어하는 교사도 있었지만 존경하고 따르는 교사도 많았다.

원칙을 존중하는 영감에게도 매우 부담스러운 일은 있었다. 생활 수준이 높아지면서 지방 학생들의 상급학교 진학률이 늘어나 생기는 일들이었다. 진학률이 떨어지면 모두들 자신을 바라보는 것 같았다. 학부모를 보기에도 면목이 없었다. 어떤 학부모는 중요 과목 교사를 교체해줄 것을 요구하기도 했다. 그런 때면 교육 현장의 엇나간 모습에 난감해했다.

진학률이 떨어지는 것은 교장이 학생들을 직접 잘못 가르쳐서 생기는 일은 아니었다. 그렇다고 교장에게 책임이 없지도 않았다. 무과실 책임도 책임이라고 평소에도 영감은 늘 그렇게 생각해 왔던 터다. 그래서 입시성적이 부진하면 모든 책임이 자신에게라도 있는 듯 괴로워했다.

입시성적 발표가 있고 난 어느 날 영감은 술독에라도 빠진 것 같은 행색이 되어 늦게 집으로 돌아왔다. 못 마시는 술이지만 진학담당 교사들을 위로하면서 제법 마셨다는 것이다. 부진한 입시성적 때문에 기가 죽어 있는 교사들을 격려하기 위해서 술 마시는 것까지도 솔선수범하지 않을 수 없었다는 것이다.

그래도 나는 취해 온 영감이 밉지는 않았다. 못 마시는 술이지만 함께 마시며 교사를 위로하는 마음 씀씀이 좋았다. 그렇게 겪는 고통이 오히려 인간적이란 생각이 들었다. 그랬기에 술독에 빠진 듯해서 돌아오는 모습까지도 거슬리지는 않았다. 드문 일이지만 그런 날에는 속이나 편하도록 바쁘게 꿀물을 준비해 주었다.

첫 아이가 취직을 했다. 수도권에 있는 회사다. 회사 근처에 방을 구해 옷가지가 든 트렁크를 들고 집을 나가도 전혀 서운한 느낌이 들지 않았다. 어렵사리 직장을 구했기에 그 기쁨이 섭섭함을 눌렀기 때문인지 모른다. 아니면 방학이 끝날 때마다 가방을 챙겨 들고 집을 나서는 비슷한 경험을 되풀이했었기에 그런 일에 익숙해져 덤덤했는지도 모른다.

큰 애가 나간 심리적인 공간을 둘째가 메워주었다. 그러나 몇 년 뒤에는 둘째도 직장을 얻자 짐을 챙겨 집을 나갔다. 비로소 형제가 쓰던 방이 텅텅 비어버렸다. 아이들이 남겨 둔 옷가지 옆에다 우리 내외의 허드레옷들을 옮겨다 걸었다. 어쩐지 축 늘어진 우리 옷이 그 자리에는 어울리지 않았다.

첫째가 집을 나갈 때와는 달리 둘째가 집을 나갈 때는 눈물이 났다. 애들이 집을 떠나면 아마도 이제 다시 집으로 돌아올 것 같지 않다는 예감 때문이었을까. 끼고 길렀던 아이들이 새처럼 이제 둥지를 하나씩 떠나는구나 생각하니 설명할 수 없는 적막감과 서러움 같은 것이 가슴에서 치밀어 올랐다.

그래도 딸아이는 끝까지 집에 머물렀다. 성적도 서울 가기가 쉽지 않았지만 이런저런 사정으로 영감도 막내딸은 집에 함께 있는 것이 좋겠다고 했다.

그러나 크는 아이들은 잠시 잠깐 사이에 달라졌다. 직장 구한 지 얼마 되지 않았다고 생각했는데 큰아이는 결혼을 하겠다고 배필감을 집으로 데리고 왔다. 아이가 좋아서 하겠다는 결혼을 우리가 까다롭게 이것저것 따질 생각은 하지 않았다. 가장 근본적인 결함만 없다면 동의할 수밖에.

둘째도 첫째와 비슷했다. 둘 다 서울에서 식을 올렸다. 몇 년 사이에 우리는 서울 출입을 두 번씩이나 했다. 아이들은 신혼여행에서 돌아와 집을 찾았다. 그리고는 명절 때면 집을 찾곤 했다.

첫째 며느리가 출산을 했다. 산후조리는 나도 거들 수 있었지만 며느리의 친정에서 거의 대부분 거들었다. 둘째 며느리도 출산 때는

105

비슷했다. 나는 손자 얼굴이나 보러 갔다 올 정도였다. 그런 때는 집에 있는 막내가 아버지 끼니를 준비해 줘서 혼자 집에 머무르는 아버지 걱정은 하지 않아도 됐다.

막내딸은 직장이 부산인 청년과 결혼했다. 참 이상한 일이지만 막내가 결혼할 때는 첫째나 둘째와는 어쩐지 느낌이 많이 달랐다. 같은 시내에서 살 것인데도 우리만 달랑 외딴 섬에 남게 되는 것 같았다. 영감은 나를 핀잔하는 데도 식장에서는 막무가내로 쏟아지는 눈물을 감당할 수가 없었다.

그래도 아이들은 셋 다 끼니 걱정 없이 잘살고 있다. 아들이나 사위나 모두 모르긴 해도 직장에서 천덕꾸러기로 일하는 것 같지는 않았다. 얼마나 다행한 일인가.

그런 아이들이 명절이면 제가 자란 집을 찾아온다. 참 기쁜 일이다. 아들, 딸, 손자, 손녀가 손을 잡고 세배하러 온다는 것은 살아 있음을 증명하는 즐거움이었다. 그런 즐거움을 만끽하기 위해서 힘들여 애들 맞을 준비를 한다. 딸은 시가에 먼저 들렀다가 오빠들보다는 좀 늦게 와도 손자 손녀들은 금방 서로 어울려 잘도 놀았다.

명절이 가까우면 세뱃돈은 빳빳한 새것으로 바꿨다. 새 돈을 보며 마음속에서 삐져나오는 웃음 같은 것을 나는 구태여 감추려 하지 않았다. 손자 손녀의 얼굴이 눈에 사물거렸다.

그러나 그도 잠시, 막상 손자 손녀들이 집안을 북새통으로 만들면 정신이 없다. 뒤따라가며 치운다고 피곤했다. 작년보다 올해가 조금 더했다. 영감은 나보다도 더한 것 같았다.

손자는 오면 반갑고 가면 더 반갑다고들 한다. 처음 들었을 때는 뭐 그러랴 싶었다. 이제는 내가 그 말을 실감한다. 이른 저녁 서둘러 식사가 끝나면 며느리들은 바쁘게 빈 그릇을 씻는다. 그리고는 예약한 열차 시간에 맞춘다고 애들 손을 잡고 황황히 집을 나선다. 가까운 곳에 사는 막둥이까지 돌아가야 즐겁고도 힘든 '가족 재회'는 막을 내린다. 비로소 우리는 명절 피로에서 해방된다.

평소에는 아픈 무릎을 끌며 내가 자리를 다 훔친 뒤에라야 영감은 잠자리에 들었다. 그런데 오늘은 영감이 자리를 펴고 먼저 잠을 청한 모양이다. 손자 손녀들 틈에서 할아버지 노릇 하기란 결코 쉽지 않았겠지. 가끔은 함께 놀아주고, 가끔은 손자들이 하는 위험한 놀이에 깜짝깜짝 놀라야 했다. 한 번씩 놀랄 때마다 진땀이 나기도 했다. 그때마다 전신에 힘이 빠졌다. 그런다고 오늘은 많이 지쳤겠지.

지금은 영감이 받는 연금으로 살고 있지만 단둘이 살기에는 어려움은 없다. 집에서 먹는 것에는 큰돈이 들지 않기 때문이다. 학비 들지 않지, 술 때문에 밖에 나가서 돈 쓸 일 없지, 있는 아파트니까 주택비도 따로 크게 들 것이 없다. 나이가 드니까 병원에는 자주 가지만, 의료보험 덕에 이 역시 큰돈은 들지 않았다.

둘이 엎디어 이렇게 사는 것도 늘그막의 행복이 아닐 수 없었다. 거기에다 늙어 치매라도 들면 누구든지 지체 없이 요양원에 보낸다는 뒤처리까지 내외가 약속해 뒀으니까 삶이 거추장스러울 것도 없었다. 얼마나 좋은 세상인가.

힘들어도 가족 재회는 비바람을 겪은 뒤의 풍년 들판을 보는 것 같아 즐겁다. 손자들 얼굴을 그려보면 즐거운 마음도 샘물이 된다. 막상 오면 뒷바라지에 몸이 제대로 말을 들어주지 않아서 힘들지만 그날이 기다려지는 것은 어떤 심사인지.

애들이 돌아간 뒤 대강대강 어질러 놓은 자리를 마른걸레로 훔쳤다. 그리고 영감 곁에 지친 몸을 눕혀도 한동안 아이들이 돌아간 여진이 머릿속에서 일렁거렸다. 잠을 청하는 심호흡을 하면서도 서울은 아직 멀었을 테고, 아이들이 잘 가고 있나- 늘 그랬던 것처럼 또 부질없는 걱정을 했다. 노파심이겠지.

잠을 청해야지. 평소 잠이 어서 들지 않을 때 하던 것처럼 자리에 누워서 또 심호흡을 시작했다. 그리고 후우- 하면서 하나, 다시 후우- 하면서 둘 하고 여느 때처럼 새로 숫자를 세기 시작했다. 숫자 세는 것에 정신을 들이자 다른 잡념은 생기지도 않았다. 노곤함이 전신에 퍼져 오는 것 같았다. 역시 영감은 조용했다.

눈을 떴다. 여느 때보다는 늦게 잠에서 깨어났다. 명절 뒷날 아침의 바깥 공기는 차갑고, 고요는 찬란했다. 영감은 아직도 깊은 잠의 늪에서 헤어 나오지 않고 있다. 나는 엉금엉금 기다시피 일어나 절룩이며 조용히 화장실을 거쳐 부엌으로 나갔다. 손을 씻고 냉장고에 넣어 두었던 설음식을 찾았다.

그러다 말고 냉장고 문을 닫았다. 설음식은 기름지기도 하고, 평소에 먹는 음식처럼 담백하지도 않다. 영감은 담백한 것을 좋아하며 소식을 하니까 이런 음식은 낮에 먹기로 했다. 아침은 입맛도 까슬할 것이다. 밥을 새로 짓고 국을 데워 김치에 나물 정도로도 충분할 것 같았다.

방에서는 아직도 기척이 없다. 음식이 식을 것 같아 다른 때 같으면 깨웠을 것이다. 그러나 오늘은 싫도록 자게 그냥 뒀다.

시간이 꽤 됐다. 그래도 그렇지 단둘이서 먹는 밥인데 식은 밥이 되어서는 안 될 것 같았다. 일어나기를 기다리다가 밥때가 훨씬 지나서야 할 수 없이

"일어나요-."

하고 소리를 질렀다. 그래도 아무 반응이 없다. 조금 더 기다리다가 다시 소리를 질렀다. 여전히 무반응이다.

문득 이상한 생각이 들었다. 문을 열고 방안을 들여다보았다. 내가 자리에서 일어날 때 얼핏 본 그 모습 그대로 반드시 누워 아직 자고 있다. 문에 어깨를 기대서며 일어나라고 말했지만 여전히 무응답이다. 방 안으로 들어갔다. 그래도 기척이 없다. 덜컥 이상한 생각이 들었다.

허리를 굽혀 영감을 흔들었다. 그러자 자세가 무너지며 머리가 옆으로 기울어졌다. 숨소리도 없다. 엉겁결에 다시 흔들며 불러봤지만 반응이 없었다.

겁에 질려 곁에 사는 딸아이에게 아버지가 숨을 쉬지 않는다는 전화부터 했다. 그리고 119에도 전화를 했다. 딸보다 119가 먼저 도착했다. 무슨 장비를 들고 방으로 들어온 그들은 영감은 숨졌고 시

109

간이 많이 지났으나 사후경직까지는 아직 이르지 않았다고 했다. 그래도 나는 그들에게 일단 병원으로 가자고 했다. 병원에 갔더니 응급실에서도 소생의 가망은 없다고 했다.

응급실에서는 영감이 언제 잠들었으며 그 전에 어떤 일이 있었냐고 물었다. 그리고 그동안 어느 병원에 다녔냐고 묻고 사망진단과 함께 변사 보고를 해야 한다면서 영감을 시체 영치실로 옮겼다.

참으로 순식간에 일어난 일이다. 언제 왔는지 딸아이도 응급실까지 따라와서 어쩔 줄을 몰라 했다. 오빠들에게 아버지가 돌아가셨다고 연락하라고 일렀다. 응급실 의사는 경우에 따라서는 부검이 필요할지 모른다면서 동의하느냐고 물었다. 잠시 생각한 뒤 나는 부검은 필요 없다고 했다.

영감이 평소 늘 말하던 장기이식은 당신의 희망대로는 이루어지지 않았다. 사후 시간이 너무 오래돼 일부 장기는 이식이 불가능했다. 영감은 76살이 되자 단 하루 만에 나와의 모든 약속을 파기했다. 그리고 자기만의 영원한 다른 방을 차려 조용히 떠난 것이다.

바람섬 ——

선장의 대답은 간단했다. 날씨가 너무 좋아서 바람섬이 아직 보이지 않는다는 것이었다. 날씨가 너무 좋아서 섬이 안 보인다니, 농담 같았다. 그러나 선장은 정답을 말한 것이다.

날씨가 맑으면 바닷물의 증발량이 늘어난다. 공기가 희석되면서 수평선이 흔들린다. 빛의 굴절로 멀리 있는 섬이 가물거린다. 이때 착시현상이 생길 수 있다. 바람섬은 그래서 내 시야로 헤엄쳐 들어왔다가 가물거리며 나갔다가를 되풀이했다.

"그렇다면 이제 얼마나 더 가면 되죠?"

선장은 나의 질문을 조타수에게 그대로 전했다. 전방만 주시하고 있던 조타수는 눈도 돌리지도 않은 채 대답했다.

"아마 한 시간 반쯤은 걸릴 겁니다."

선장은 해도의 스크린을 확대했다. 배에서 바람섬까지 잣대로 그은 것처럼 일직선이 선명하게 스크린에 나타났다. 그 일직선의 끝까지 가는데 바람이나 파도의 영향이 없으면 1시간 반쯤 걸릴 것이라고 선장이 다시 설명해줬다.

한 시간 반이라- 그 소리를 듣고 나는 조타실에서 갑판으로 내려

112

갔다. 거기서 다시 선내의 강의실 겸 회의실로 돌아 들어갔다. 동아리 학생 몇 명이 카드놀이를 하고 있었다. 다른 몇은 테이블에 엎드려 깊은 잠에 빠져 있었다.

"한 시간쯤 가면 된다니까 서서히 상륙 준비를 해. 자는 애들도 좀 깨우고-."

학생들은 카드를 한쪽으로 밀쳤다. 그리고 자는 학생들을 깨운 뒤 짐을 정리했다.

실습선 동진호는 지금 항해 실습과 기관실습 중이다. 졸업 후 항해사와 기관사가 될 2학년 학생들을 태우고 여름방학 2주 동안 근해를 항해하는 것이 실습내용이다. 물론 담당 교수와 조교도 함께 승선했다. 강도 높은 선상 실습이다.

나는 이런 항해 실습이나 기관실습과는 직접적으로는 전혀 관계가 없다. 인문학 전공자로서 낙도의 해양문화 또는 어촌 민속 문화를 발굴, 조사하고 보존하는 학생 동아리의 지도교수일 뿐이다. 동아리 소속 학생들도 모두 선박이나 기관운용과는 관계가 없다. 그들은 어문학과, 문화인류학과, 민속학과, 역사학과, 언론정보학과를 포함한 인문사회과학 분야 학생들이 대부분이다.

그런데도 이 실습선을 타게 된 데는 이유가 있다. 실습내용이 반드시 갑의 항구에서 을의 항구까지 화물선처럼 직선으로, 빠르게 가야할 이유가 없었기 때문이다. 2주간 바다 위에 떠 있으면서 좋은 날씨도 겪고 때로는 나쁜 날씨도 겪으면 된다. 그런 속에서 실습생은 항해술과 기관 조작술을 익히면 되는 것이 실습내용이다.

그런 사정을 알기 때문에 실습 항해 중 동아리 학생들을 바람섬까지 좀 실어달라고 지도교수에게 부탁했던 것이다. 선장도 같은 대학 학생들의 그런 승선을 거절할 이유가 없었다. 섬에 접안하는 것과 출항하는 것도 중요한 실습내용이었기 때문이다.

동아리 학생들은 모두 짐을 챙겨 곧 갑판으로 나왔다. 이번 낙도 조사에 나선 학생은 남학생 아홉 명과 여학생 세 명이다. 갑판으로 나와서는 모두들 눈 부신 햇살에 얼굴을 찡그렸다. 여학생 두 명은 멀미에 취해 갑판 위에서 비실거리고 있었다.

"상륙할 때까지 짐은 그늘에다 내려놓고 상륙 준비를 기다리는 게 좋겠다."

내 말이 떨어지자 학생들은 모두 짐을 다시 내려놓으며 그늘 쪽으로 섰다. 학생들 가운데는 작년에 현장조사를 경험한 학생도 있었다. 그러나 여기까지 오기 위해서 열 시간가량이나 배를 타야 한다는 것은 모두에게 힘든 일이 아닐 수는 없었다.

실습선은 바람섬 선착장에 바로 접안할 수 없었다. 수심이 얕은 데다 작은 바위로 된 여(礖)가 많았기 때문이었다. 수심 확보가 안 된 실습선은 섬 앞바다 가운데다 닻을 내렸다. 선장은 전마선을 바다에 내려 학생들을 섬까지 실어다 주게 했다.

일주일 뒤 낮 12시께 다시 동아리 학생들을 태우러 오기로 하고 실습선은 방향을 틀어 꽁무니를 보였다. 선착장 옆 몽돌 위에 서서 부웅- 기적소리를 들으며 학생들은 떠나는 배의 고물을 향해 일제히 손을 흔들었다.

모두 짐들을 나눠서 지고 몽돌밭을 벗어났다. 출발 전 연락해 둔 초등학교가 언덕 위로 빤히 보인다. 포장된 바닷가 좁은 시멘트 길로 올라서자 초등학교 3~4학년쯤으로 보이는 아이들 몇 명이 맨발로 저쪽으로 가고 있다.

"얘들아, 여기 어디 초분이 없냐?"

동아리 학생 가운데 한 명이 아이들을 향해 큰소리로 물었다.

"우리는 모리것는디라."

억센 사투리에 약간은 퉁명스러운 대답이 돌아온다.

"그럼 할아버지들이 부르시던 옛날 노래는 아는 것 있냐?"

"우리는 모린당께라-"

맨살이 햇볕에 그을리고 바닷물에 씻기고 또 씻겨 아이들의 어깨와 등이 몽돌처럼 까맣게 반질거렸다. 크고 하얀 배를 타고 느닷없이 도착한 저 틈입자가 도대체 누구냐는 듯 아이들은 대학생들을 힐끔힐끔 봤다. 그러다가 그 가운데 누군가가

"돈 벌로 가자 돈 벌로 가자
진도 바다로 돈 벌로 가자
우리 배 사공님 신수가 좋아
오만 칠천 량 벌어다 놓고-"

갑자기 한 아이가 큰소리로 노래를 부르면서 달음박질을 시작했다. 한 아이가 달리자 다른 아이들도 뒤따라 함께 달려갔다. 앞서 뛰

115

던 아이가 길이 굽은 곳에서 짧은 바지를 입은 채 바다로 뛰어내렸다. 뒤따르던 아이들도 차례로 퐁퐁 뛰어내리더니 자맥질에서 솟아 물개처럼 헤엄쳐 건너편 돌섬 쪽으로 나아갔다. 그러다가 힐끔힐끔 이쪽을 쳐다보기도 했다.

작열하는 태양, 바다는 시원하게 짙푸르다. 그리고 눈부시다. 아이들의 물장구에 바다의 가장자리가 바스러져 뜯겨나간다. 그러면서 하얗게 포말을 일으킨다. 동아리 학생 몇 명이 걸음을 멈추고 서서 그 시원한 구도에서 눈을 떼지 못했다.

아이들이 바다로 뛰어내린 시멘트 포장 굽은 길에서 우리는 왼쪽으로 방향을 틀어 언덕길로 올랐다. 길은 학교 운동장과 맞닿았다. 교문을 들어서자 맨드라미가 운동장 가장자리에서 햇볕에 눌려 후줄근하게 늘어져 있다. 운동장 저쪽 학교 건물도 조용하기만 했다.

우리는 학교 건물 가운데 입구로 들어섰다. 오른쪽 서무실에는 아무도 보이지 않았다. 반대편 교무실을 기웃거렸다. 젊은 여자 한 명이 책을 읽다가 인기척에 머리를 들었다. 정적을 찢고 있던 매미 소리가 날물처럼 차례로 물러났다.

"안녕하세요? 교장 선생님은 계시지 않으세요? 오늘 오겠다고 사전에 부산서 연락을 했었는데요."

"아, 그러세요. 교장 선생님도 오실 것을 알고 계세요. 오전에는 여기서 기다리시다가 점심 잡수러 관사에 들어가셨어요. 잠깐만 기다려 보세요. 제가 연락할게요."

친절하다. 학생들은 짊어지고 있던 짐들을 복도 입구에다 내렸

116

다. 건물 뒤쪽으로 통하는 문은 열려 있었다. 그 앞 복도에 서서 지나가는 바람에 땀을 식히고 있는데 러닝셔츠에 반바지 차림의 교장 선생님이 당직 교사의 연락을 받고 뒤쪽 통로에서 바쁘게 안으로 들어온다.

"아이구- 기다리셨죠이? 점심 먹고 깜빡 잠이 들어뿌러서, 미안함니다이."

교장 선생님은 학생들에게 교실 한 칸을 통째로 쓰도록 해줬다. 식수용 물탱크가 있는 곳과 화장실이 있는 곳도 친절하게 일러주었다. 정 많은 시골 아저씨의 인상을 풍겼다. 교장 선생님은 반바지 아래로 드러난 다리를 딱 두드리고 나서 손바닥을 힐끗 본 뒤

"모기가 겁나게 많은디 어쩌까?"

"모기향을 충분히 가져왔습니다."

한 학생이 모기에 대한 걱정은 없다는 듯 말하자

"다행이네, 근디 제일 무서운 게 불잉께, 불조심들 해야 써."

학생들에게 불조심 이야기를 하던 교장 선생님은 옆에 서 있는 여자를 가리키며

"오늘 당직인 서 선생인디, 당직 끝내고 내일 배로 광주 집으로 나간답니다. 대학생들이 여기 조사허러 온당께 뭘 조사허는가 궁금해 허던디-."

"궁금하세요? 우리 학생들이랑 함께 조사에 참가해보면 알아요. 재미도 있구요."

그냥 해보는 말이 아니었다. 현지 주민이 조사에 동참해주면 효

과적이다. 그래서 나의 경험을 섞어 부탁 겸 한 말이었다. 이런 사람으로부터는 조사정보도 제공받을 수 있고, 길 안내는 물론 현지사람을 만날 때도 아무런 거부감 없는 조력자가 될 수 있다. 현지인의 조사 가담은 바람직한 일이 아닐 수 없다.

나의 말에 여교사의 눈이 반짝했다. 호기심으로 반응하는 것이 내 눈에도 집혔다.

바다는 우리가 쓰게 된 교실에서 훤히 내려다보였다. 학생들은 좋아라 하며 짊어지고 온 짐들을 교실 벽을 따라가며 나란히 풀어 벽 쪽으로 놓았다. 그리고 저녁식사에 필요한 식재료들을 한쪽으로 끄집어 내놨다.

"뒤쪽에 큰 물탱크가 있응께 거기 가서 먼저 세수부터 허면 시원 헐 건디."

친절한 교장 선생님의 제안이다. 나는 그 말에 동조하며, 세수부터 하고 난 뒤 조사계획을 짜자고 학생들에게 일렀다.

그 틈을 이용해 나는 교무실로 다시 가서 서 선생에게 조사팀에 합류하자고 권했다. 서 선생은 약간 멈칫거리는 것 같았다. 그러나 분명 흥미가 있는 눈치였다. 재차 권유하자 어른들이 걱정할지 모르니 저녁에 부모님께 연락해서 참가를 물어보겠다고 했다. 30분 뒤에는 학생들의 모임이 있으니 거기 참석해서 토론하는 것을 들어보는 것도 좋을 것 같다고 했다.

시간이 되자 학생들은 원을 그리며 교실 바닥에 둘러앉았다. 그때 서 선생이 밖에서 서성거리는 모습이 시야에 들어왔다. 학생들과 함께 앉게 하고 조사팀에 합류하자고 다시 권했더니, 학생들도 모두들 박수로 좋아했다.

조사팀은 4명을 1팀으로 짰다. 여학생은 각 팀마다 1명씩 배치했다. 서 선생도 가담하게 되면 팀의 구별 없이 주민과 접촉할 때 그의 도움을 받기로 했다.

교실 바닥에는 지도가 펼쳐졌다. 조사 1팀은 초분, 이른바 풀 무덤이 아직 잔존하고 있는지, 어디에 몇 기나 있는지, 그리고 이에 대한 주민들의 의식조사를 하기로 했다. 서 선생에게 초분의 존재여부를 물었더니 부임한 지 얼마 안 돼 잘 모른다고 했다.

2팀은 섬사람들의 생로병사 과정을 조사하기로 했다. 임신과 출산, 유년기부터 성장과 결혼, 환갑과 장례절차 등의 자세한 정신적 배경도 조사하도록 일렀다. 특히 낙도의 장례절차는 초분과 관계가 있기 때문에 관심을 가지고 면밀히 조사하도록 했다.

구비문학 조사팀은 고기잡이 노래, 설화 등 빠른 전자매체의 발달로 설 자리를 잃고 있는 원형을 철저히 파헤치도록 했다. 민족적 정체성을 입증해줄 이 분야는 스토리텔링의 복원 차원에서도 없어져버리기 전에 반드시 수습해야 한다고 강조했다.

섬에서 전래되는 민간신앙 조사팀까지 구성된 뒤 나는 학생들에게 또 한 번 사명감을 강조했다. 문화는 절대 우열이 없으니 편견을 갖지 않도록 신신당부도 했다.

필드워크 중 새로운 것이 발견되면 분야와 관계없이 자세히 조사하고 저녁 토의시간에 해당 조사팀과 정보교환도 하도록 했다. 잠시

119

자유토론을 거친 뒤 전체 모임을 끝냈다. 취사 당번 외에는 모두 자유시간이다. 학생들은 현지 정보에 관심을 보이며 이번에는 서 선생을 둘러싸고 뭔가 열심히 이야기를 주고받았다.

밑반찬이 맛있다며 학생들과 함께 저녁을 먹은 뒤 서 선생은 숙소로 돌아갔다. 내일 아침에는 조사팀 모두가 마을 이장부터 먼저 만나기로 했다. 모두들 서 선생의 안내로 유력한 정보제공자를 쉽게 만날 수도 있다는 기대감이 큰 것 같았다.

나는 학생들에게 내일 조사에 영향이 없도록 밤 열 시까지는 모두 자라고 했다. 그렇지만 그들에게 열 시는 초저녁이었다. 거기에다 도시와는 다른 영롱한 별빛, 출렁이는 물결에 반짝이는 윤슬의 바다를 눈 아래에 펼쳐놓고 학생들이 나의 말을 따라 일찍 잘 턱이 없었다. 나만 일찍 교실 한쪽에다 자리를 폈다. 그리고 접시 위에다 모기향을 피웠다.

밤이 깊었다. 아니, 자정이 훌쩍 넘었다. 그런데도 멀지 않은 곳에서 심야에 왁자지껄한 소리가 점점 크게 들려왔다. 바람 따라 약간 멀어졌다가 또 가깝게 들렸다가를 되풀이했다. 어떤 때는 웃음소리까지 섞여서 도무지 잠을 이룰 수가 없었다.

도대체 누가 이렇게 야심한데 남 잠도 못 자게 저렇게 떠들까? 무슨 잔치라도 하면서 저렇게 꼬박 밤을 지새우나. 그래도 그렇지 자정이 넘었는데 너무 시끄럽지 않은가. 이런 때 동네 어른들은 저런 소란을 나무라지도 않나?

나는 뒤척거리며 잠을 청해 봤다. 그러나 소란스러운 소리는 멎지 않았다. 학생들은 그런 속에서도 낮 동안 배에 시달려서 그런지 자정이 훨씬 지나자 곤한 잠에 꿰어서 시끄러운 줄도 모르는 것 같았다.

무슨 일로 저렇게까지 떠들까. 차츰 궁금해지기 시작했다. 이 섬에서는 무슨 경사라도 있으면 밤을 지새우며 저렇게 걸판지게 노는 풍습이라도 있는 것일까. 들려오는 목소리 속에는 젊은 사람들도 끼어 있는 것 같았다. 참 알 수가 없었다. 이번에는 노래의 내용까지도 크게 들려왔다. 유행가다. 술상을 두드리는 유쾌한 노랫소리가 끝나자 박장대소에 고함소리까지도 들렸다.

그런 몰상식 속에서 나는 거의 뜬눈으로 밤을 지새웠다. 시끄러운 소리가 숙지근해지자 주위가 희뿌옇게 변하면서 날이 밝기 시작했다. 교실 뒤쪽 관목 속에서 짹짹거리는 새소리도 들렸다. 날이 밝으면 새가 맨 먼저 운다는 것이 사실이었다.

마침내 잠을 포기한 나는 자리에서 일어났다. 교실 안도 바깥처럼 화안해졌다. 여기저기 밤새 다 타버린 모기향의 재가 접시에 수북이 쌓여 있다. 잠을 털어버린 나는 짐꾸러미 속에서 일기장을 끄집어냈다. 간밤에 있었던 일들을 기록했다. 그리고 밤잠을 설친 일도 적었다. 간밤의 이야기는 비판적일 수밖에 없었다.

날이 훤해졌는데도 학생들은 아직 한밤중이었다. 나는 수건과 세숫비누, 치약과 칫솔 등을 주섬주섬 챙겼다. 교실 밖으로 나와 기지개를 켜고 어깨를 좌우로 흔들었다. 잠을 설쳐 그런지 전신이 뻣뻣했다. 허리를 앞뒤로 굽혀 펴고 있는데 교실 뒤쪽에서 인기척이 들렸다. 물탱크가 있는 쪽이다. 어제 그 젊은 여선생이 이렇게 일찍 일어났나. 아니면 교장 선생님이나 사모님? 방학인데도 아침식사는 이렇게 일찍 준비하나, 나는 수건을 목에 걸고 그쪽으로 갔다.

교장 선생님이다. 역시 나이가 있어 밤잠이 없나, 아니면 이분도 간밤의 소란 때문에 잠을 설쳤나?

교장 선생님은 세숫대야에다 물을 받다 말고 물탱크의 수도꼭지를 잠그면서 내게 인사를 했다. 내가 더 깊이 머리를 숙여 인사 겸 답례를 했다. 교장 선생님도 푸석한 모습이다. 그는 반 이상 물이 찬 세숫대야를 자기 앞으로 끌어 옮기면서

"어젯밤 시끄러워서 잠을 제대로 못 주무셨것지요?"

위로라도 하듯 나를 향해 한마디 했다. 시끄러웠던 이유가 궁금해진 나는 물었다.

"무슨 큰 잔치라도 있었나요? 모두들 잠도 자지 않고 섬이 떠나가도록 떠들고 노래하고- 대단한 잔치라도 있었던 모양이죠?"

"어-디, 모르셨는가 뵈요 잉? 그 집에서 초상이 나서 그랬지라요."

초상? 나는 순간 귀를 의심했다. 초상난 집에서 곡소리가 나지 않고 밤새 유행가 소리가 나다니, 거기에다 박장대소까지. 조용한 애도는 차치하고 동네 청년들이 초상집에 모여 술판을 펴고 고성방가를 다 하다니, 이 해괴할 정도의 풍속은 도무지 이해가 되지 않았다. 말을 잘 못 들었나, 내가 못 미더워하는 것을 눈치챈 교장 선생님은

"나도 처음 이 섬에 부임했을 때는 초상집 풍속을 알 수가 없었당께요. 사람이 죽었는디 어찌 큰 소리로 유행가를 부른답니까? 술상을 두드리면서 말입니다. 잉?"

"이 섬에서는 다 그렇게 합니까?"

"어디가요? 없는 사람들은 그리 못 허지요. 돼지 잡고 음식 차려 며칠씩 밤새도록 상다리 부러지게 술을 내놓는 일을 없는 사람들이 어떻게 헌답니까?"

"그러면 어제 초상난 집은 부잡니까?"

"부자고 말고요. 이 섬에서는 젤로 부자지요. 큰아들이 광주에서 높은 공무원이고 둘째는 거그서 의사를 헌께 부자 아니것소? 그 집 사오는 여그서 큰 기관 배도 한 척 가지고 있응께 그 집이 이 섬에서 젤 부자란 말을 들을 만 허지요."

나는 교장 선생님 말에 다시 놀랐다. 망자의 아들이 고위 공무원이나 의사 같으면 상당한 지식인임이 분명하다. 그런 사람이 장례를 엄숙하게 치르지 않다니 곧이들을 수가 없었다. 유교적 전통을 알만 한 상주들이 조문객에게 요란한 술대접을 하고, 조문객은 술상을 두드리며 노래를 하다니 도무지 요지경이 아닐 수 없었다.

"망자인 아버지도 살아 계셨다면 그러는 걸 좋아하셨을까요?"

"돌아가신 어른은 아버지가 아니고 엄닌디요. 몇 년 전 아버지가 돌아가셨을 때도 섬이 들썩했다고 그럽디다. 그때는 내가 여기 오기 전인디 엊저녁에 거그 갔다가 그 소문을 들어 알지라."

"그때 어머니랑 가족들은 그런 장례를 좋아했을까요?"

"그때 좋아했응께 어젯밤에도 그러지 않았것소? 좋아했을 거이요. 좋아해-."

대화는 여기서 멎었다. 어째서 그런 장례행사가 생겼을까. 머리가 다소 혼란스러웠다. 입을 다문 채 나는 잠시 생각에 잠겼다.

세수를 끝낸 교장 선생님은 수건으로 얼굴과 팔뚝을 문지르며

"오늘도 날씨는 좋것소. 서 선생도 집에 가는 것을 며칠 미루고 학생들이랑 조사허로 댕길랑가 모리것소. 아매 같이 가기는 갈 것 같은디-."

"다행이네요. 같이 갈 것 같습니다. 그러면 서 선생도 재미가 있을 거구요, 그런데 그 초상집 발인은 언젠지 아세요?"

"오일장인께 모렙니다. 첫날은 입관헌다고 손님 못보고, 어제부터 손님을 봤승께 오늘이나 내일은 교수님도 한번 가보시면 좋지요. 그 집이 부장께 부조금은 신경 쓸 거 하나도 없어요. 내가 안내할 수도 있고요이-."

상주를 만나 왜 장례를 그렇게 치르는지 당장 물어보고 싶었다. 그러나 상중인 사람을 잡고 오래 이야기할 수는 없을 게 아닌가. 어떻든 낙도 교장 경험이 풍부하지만 이런 풍속은 낯설다는 교장 선생님의 안내를 받아 저녁에 조문을 하기로 했다.

아침식사를 하면서 학생들에게 어젯밤에 있었던 일을 아느냐고 물었다. 어떤 학생은 꽤나 선명하게 노래를 들었고, 잠결에 어렴풋이 들었다는 학생도 있었다.

아침식사가 채 끝나기도 전에 서 선생이 왔다. 집에는 연락을 했다면서 우리와 함께 움직이겠다고 했다. 나는 서 선생에게도 어젯밤의 사건을 아느냐고 물었다. 안다고 했다. 잠을 제대로 잘 수가 없어 불편했을 것이라면서 그녀는 우리를 위로했다.

"전에도 이런 경험을 한 일이 있었나요?"

"처음입니다. 교대 졸업하고는 그동안 육지에서 근무했어요. 올봄에 이 섬으로 왔는데 어제 같은 일은 처음이에요."

"육지에서는 그런 장례식을 경험한 일은 없었나요?"

"초상집에서 유행가를 부른다는 말은 한 번도 못 들었어요. 초상이 났는데 어떻게 거기서 유행가를 부르고 떠들며 웃고 그러겠습니까?"

서 선생의 말이 맞다. 우리의 상식으로는 이해가 되지 않는 장례식이다.

그릇 씻기와 교실 청소가 끝나는 대로 학생들을 모두 교실로 모이라고 했다. 둘러앉은 학생들에게 어젯밤의 경험을 구체적으로 이야기해 줬다. 학생들은 의외라는 표정을 짓기도 하고 그저 고개만 끄덕이는 학생도 있었다.

"이곳의 장례풍속 조사는 대단히 중요할 것 같다. 조사결과를 토론도 하고 의견을 모아 '바람섬의 장례풍속'이란 조사보고서도 내면 아주 좋을 것 같다. 오늘 저녁에는 모두 함께 가보자."

"교수님, 그러면 설화나 초분 조사는 어떻게 되는 겁니까?"

초분조사팀에 편성된 학생이 걱정스럽게 물었다. 자기 할 일이 없어졌다고 느낀 모양이었다.

"전혀 걱정할 거 없어. 귀납적인 조사방법이 있잖아? 죽음의 해석은 인간의식 모두와 관계있으니까. 이곳 섬사람들이 태어남과 죽음을 어떻게 해석하는가. 왜 초분장을 선호했던가. 후손들의 초분에

125

대한 생각, 만드는 방식을 조사하다 보면 설화와 관련된 가닥을 잡아낼 수도 있지 않겠어? 이번 장례식과의 관련성도 밝혀질지 모르고- 그러니 걱정할 것은 전혀 없어. 우선 이 일을 하고 더 생각해 보자고."

섬에 도착한 첫날 밤, 잠은 설쳤지만 이런 경험은 다행이었다. 섬이긴 했지만 상류층 사람들의 이런 장례절차는 흥미롭고, 믿기 어려운 일이 아닐 수 없었다.

말을 하는 사이 학생 한 명이 잽싸게 짐 속에서 책을 끄집어냈다. 지역별 장의 풍속을 살피기 위해서였다.

"이장님과는 방문할 약속시간이 정해졌습니까?"

나의 질문에 서 선생은 생뚱맞다는 표정을 했다. 순간 이장을 만나기로 한 것은 서 선생이 없을 때 학생들과 얘기했던 일이었음을 알아차렸다. 비로소 서 선생께 이장을 만날 수 있을지 알아봐 달라고 부탁했다.

"사전에 약속하면 만날 수 있을 겁니다. 바다에 나가시거나, 일이 있어 큰 섬에 있는 면사무소에라도 가서 자리를 비우시기라도 하면 어렵지만요."

우리는 우선 간밤의 일에 대해서 토론을 시작했다. 장례행사를 그렇게 치르는 이유가 무엇인가, 어떻게 해석해야 할 것인가부터 토론을 하기로 했다. 첫 번째 제기된 문제는 노래자랑을 방불케 하는 상가의 철야형식이었다. 그 문제를 풀기 위해서는 상가에서 노래하는 심리의 분석이 앞서야 할 것 같았다.

"교수님, 노래는 기쁠 때나 슬플 때 감정을 표현하는 자연스러운 한 방식이 아닙니까? 실용적인 면에서 보면 고된 행군이나 노동의 피로를 잊고 행동을 통일하기 위해 부르기도 하고 말입니다. 때로는 염원이나 그리움을 담기도 하지만요. 이게 노래의 일반적인 심리적 기제라고 생각되는데, 상가에서 조문객이 유행가를 부르며 떠들고 논다니 이건 정말 특이한 예입니다. 죽음에 대한 애통한 감정과 영원한 이별의 슬픔이 엄숙성을 낳아 의식은 경건하고 정숙하지 않았겠습니까? 이 문제는 앞으로 고쳐나가야 할 것이 아닌가 생각됩니다."

"유행가가 애도의 노래가 될 수는 없습니다. 종교의식에서 찬송가나 염불가라면 또 몰라도, 상주가 조문객에게 그런 걸 허용해서는 안 된다고 봅니다. 육지 문화와는 차이가 있겠지만, 그래도 뭔가 잘못된 것 같습니다. 상가에서 취하도록 마셔서도 안 되고요. 장례는 어디까지나 애도하는 마음으로 정중하게 치러야 하지 않을까요?"

"저는 조금 생각이 다릅니다. 사람의 궁극적 감정은 막다른 골목에 이르면 경계가 허물어진다고 봅니다. 감정의 극점에서는 슬픔과 기쁨은 같아질 수 있기 때문입니다. 요령을 흔들며 부르는 상엿소리는 분명 슬픈 소리지만 한 겹 뒤집어 들으면 장엄하기 그지없고, 박력이 넘치기도 합니다. 깊은 슬픔은 표현하기 어려운 아름다움을 느끼게도 합니다. 서양의 레퀴엠도 바로 그렇습니다. 노래하고 박수치며 떠드는 것도 큰 의미에서 보면 레퀴엠의 한 표현방식일 뿐입니다. 그걸 정중함을 잃었다고 나쁘게만 봐서는 안 된다고 생각합니다. 조국을 잃어 비통하게 노래하는 베르디의 오페라에서 나오는 '히브리 노예들의 합창'이나, 인간의 고뇌를 표현한 모차르트의 레퀴엠 같은 것은 절망하면서 절망을 넘는 고통의 환희일 수도 있지 않습니까?"

"그렇게 보면 죽음이란 결국 삶의 연장선 위에서 맞게 되는 어떤 매듭에 불과한 것 같습니다. 마치 결혼이나, 회갑처럼 말입니다. 망자의 영혼이 매듭 하나를 풀지 못해 사후에 구천을 떠돌고 있어서는 안 된다고 봅니다. 매듭을 풀고 영혼이 기쁜 마음으로 저세상에 갈 수 있도록 환송해줘야 합니다. 그 행사는 살았을 때와 꼭 같이 죽음을 위해서도 즐거운 분위기 속에서 이루어져야 한다고 봅니다."

"망자 앞에서 이게 옳다, 저게 옳다는 주장은 다 고정관념의 틀 안에서의 판단에 불과하다고 봅니다. 굳어버린 가치관으로 좋다, 좋지 않다고 평가하는 것은 절대가치와 무관할 수 있습니다. 망자의 뜻, 상주의 가치관에 따라 줘도 문제 될 게 없지 않을까요? 말하자면 잘못된 문화가 아니라 차이 있는 문화로 보자는 것입니다."

"그래도 그렇지요. 법도 우리가 만들고 따르는 하나의 규범 아닙니까? 장례도 마찬가집니다. 애도도 경건한 마음으로 표하는 것이 옳으며, 그런 마음을 이어받는 것이 바른 전통이자 관습입니다. 그런 전통은 제대로 지켜지는 것이 좋다고 봅니다."

나는 여기서 학생들의 토론을 일단 중지시켰다. 새로운 이야기보다는 지금까지 한 이야기의 강조나, 자기 발언의 정당성 주장이 되풀이될 것 같아서였다.

"마지막으로, 이 한마디를 하지 않으면 병나겠다고 생각하는 학생 있어요? 있으면 한마디만 하고, 아니면 장례행사를 직접 보고 난 뒤에 다시 이야기합시다. 그동안 이 문제에 대해서는 각자 좀 더 깊이 있게 생각해보고 또 연구도 해 보세요"

논의는 여기서 멈췄다. 교장 선생님이 상주를 만나게 해줄 수 있다고 했으니 가능하다면 상주를 만나보는 것이 좋겠다는 생각이 들었다.

논의를 유보한 뒤 우리는 모두 학교를 나섰다. 벌써 해가 중천에 솟았다. 초상집에는 저녁에 갈 계획이니까 낮에는 시간이 충분하다. 우선 이장부터 먼저 방문하기로 했다. 서 선생이 앞장섰다. 이장 집은 학교에서 멀지 않았다.

이장은 이미 집에서 나가고 없었다. 날씨가 좋아 일찍 바다에 나갔다는 것이다. 오후 늦게 돌아와서 이장도 상가에 갈 것이라고 했다. 이장 부인은 서 선생에게 이장을 만나려는 우리가 어디서 온 사람들이냐고 물었다.

이장은 상가에서 만나도 될 것 같았다. 그 대신 상가에 가기 전에 이 섬에서 제일 연세가 높은 어른부터 먼저 찾아보기로 했다. 서 선생에게 그런 노인을 아느냐고 물었다. 서 선생은 이장 부인을 바라봤다. 이장 부인은 또 서 선생에게 왜 나이 많은 노인을 만나려고 하느냐며 뭔가 잔뜩 궁금한 표정을 지었다.

"그 어른을 만나서 옛날이야기를 들으려고 그런답니다."

"귀가 꽉 묵어서 말을 한마디도 못 알아 듣는다라-. 집은 쩌어기 있지만이라-."

그렇다면 가 봐도 말이 통하지 않으니 성과가 없을 것은 뻔했다. 우선순위를 돌려 바쁜 곳부터 먼저 가보기로 하고 연세 높은 어른은 틈나면 가보기로 했다. 이장 부인에게 다시 우리는 이 섬에 초분이 있냐고 물었다.

"풀로 맨든 묏동, 출빈 말이지라우? 옛날에는 산삐알에 더러 있었는디, 찾아보면 어디 있것지요. 그거 알아서 어디다 쓸라고 그런다요?"

우리가 관심 두는 일은 모두가 궁금한 모양이었다. 뭔가를 묻기만 하면 이장 부인은 왜 그러느냐, 뭣 때문에 그러느냐고 되물었다.

이장 집을 나선 우리는 섬의 이곳저곳을 기웃거리며 이야기를 들려줄 사람들을 직접 찾았다. 어른들은 거의가 바다로 나가고 없었다. 이렇다 할 성과도 거두지 못한 채 점심때가 설핏 지나서야 학교로 되돌아왔다. 교장 선생님을 만나 바람섬에서 근무하는 동안 겪은 이야기를 듣는 것도 좋을 성싶었다.

교장 선생님은 권에 못 이기는 듯하더니 학생들이 준비한 점심을 맛있게 함께 먹었다. 저녁에는 모두 초상집에 가자고 하면서 교장 선생님은 우리가 몇 명이나 참석할 것인지를 확인했다. 학생들이 모두 초청받은 것도 아니고, 폐가 될 것 같아 나는 좀 망설였다.

"폐는 무신 폐랍니까? 많이 가면 좋지요. 호상에다 섬에서 제일가는 부잣께 까딱없어요. 아, 조문객이 많아야 상주들도 좋아라 할 거 아니것소?"

결국 저녁에는 학생들 모두가 함께 상가에 갔다. 굴건제복을 한 채 둘째 상주가 우리 일행을 맞았다. 의사다. 그는 어머니를 잃은 상주인데도 이상할 정도로 얼굴에서 슬픈 표정을 전혀 읽을 수가 없었다. 죽음을 많이 본 의사여서 그랬을까? 우리의 방문 목적을 교장 선생님으로부터 들었다면서 그는 우리 일행을 마당 한쪽 천막 아래로 안내했다. 낮 동안의 뙤약볕 때문이었는지, 마당은 온통 천막이 빽빽하게 덮여 있었다.

돼지고기랑 탁주가 나왔다. 곧이어 조금 전 우리를 안내했던 둘째 아들이 우리가 있는 멍석으로 와서 음식을 권했다. 서먹한 분위기가 채 풀리기도 전에 학생 한 명이 바쁘게 엊저녁에 들렸던 노래에 대해서 입을 열었다. 이유를 알고 싶다고 했다. 의사인 상주는 전혀 상주 같지 않은 동문서답으로 입을 열었다.

"문상객들이 저렇게 떠들고 놀다가 오늘 오밤중에는 마당에서 출산연극을 한마당 할 겁니다. 새로운 생명의 탄생이니까, 교수님이랑 모두 꼭 구경하세요."

우리는 어리둥절해졌다. 초상집에서 연극을 한다는 것이다. 그것도 발인을 하기도 전날 오밤중에 출산연극을 하다니. 이 해괴한 소리에 학생들은 모두 의아한 표정으로 서로를 쳐다봤다. 출산연극이라는 소리를 듣자 나도 황당하다는 생각이 들었다. 그런 나에게 상주는 연극이 펼쳐질 마당을 가리키며 이야기를 계속했다.

"이 마당에는 우리 인생이 몽땅 담겼어요. 사람이 태어나면 마당 입구 사립문에 고추나 숯을 달아요. 마당 안에서 생명이 태어났음을 알리는 거죠. 마당에서 결혼하고, 마당에서 환갑잔치 치르고, 마당에서 초상도 치르죠. 모두 인생의 대사가 아닙니까? 내가 의사지만 사람의 생애는 질병에 따라 정해지는 게 아니라, 마당 안에서 돌고 도는 운명에 따라 정해지는 것 같아요. 우리 엄니도 아버지처럼 당신이 세상을 떠나면 사람들이 모두 마당에 모여 즐겁게 놀다가 즐거운 마음으로 하직할 수 있게 해 달라고 하셨어요."

질병을 다스리는 의학은 과학의 세계다. 운명은 생명의 밑바닥에 가라앉아 있는 불가지의 또 다른 영혼의 세계인지 모른다. 과학적 사고를 하고 과학적 생활을 해야 하는 의사가 검정 되지 않은 세계에 대해서 깊은 관심을 갖고 있다. 흥미로운 일이다. 그는 말을 계속했다.

"그래서 내친김에 돌고 도는 인생을 동네 사람들도 함께 느껴보자고 오늘 밤에는 출산연극을 하려는 겁니다. 내가 태어난 이 섬은 죽음을 슬픔으로만 받아들이는 섬이 되지 않았으면 좋겠어요. 한 생명이 가면 또 다른 한 생명이 오는 질서를 그대로 받아들여, 엄니가 기쁜 마음으로 저승에 가실 수 있었으면 얼마나 좋겠어요? 그런 염원을 담아서 하는 연극이니까 즐겁게 노시다가 그때 꼭 구경하고 가세요."

나는 가슴에서 찌릿해오는 그 무엇을 느꼈다. 웃으면서 담담하게 이야기를 시작했던 상주의 눈에서는 눈물이 반짝 비쳤다.

"죽음과 삶은 확실히 둘이 아닌 것 같아요. 어렸을 때는 몰랐지만 지금 와서 생각하니 서로 연결된 하나의 길을 차례대로 가고 있을 뿐이에요. 다른 개체가 삶과 죽음을 통해서 계속 이어가는 것이 생명이라는 거지요. 윤회는 의학적 영역 밖이어서 의학적으로는 설명할 수 없어요. 오늘 밤 공연할 출산연극도 우리 엄니가 영원히 살아가실 거라는 윤회설을 믿는 사람들에게서 나온 것 아니겠어요? 그걸 어떻게 막나요, 막을 필요도 없구요."

학생들은 모두 입을 다물고 조용히 듣기만 했다. 이야기가 계속되고 있는데 이번에는 철에 맞지 않게 무슨 뜨거운 국물이 들어왔다. 이야기는 끊어지지 않았다.

우리는 지금까지 어떤 고정관념에 사로잡힌 채 죽음을 바라봤다. 그런 관점은 편견을 낳았다. 초상집에서 노래를 금기로 생각하는 것 역시 편견에 다름 아니다. 그런 편견이 초상집의 노래를 불측한 짓으로 생각했고, 용납될 수 없는 짓으로 인식했다. 사고의 틀림과 다름에 대한 분별을 처음부터 구별하지 않았던 것이다.

우리가 이 섬에서 존재 여부를 밝히고자 하는 초분도 그런 면에서 보면 마찬가지다. 처음에는 그냥 풀 속에 무덤을 쓰는 특이한 이중장제의 지속성 여부를 알고자 했던 것이다. 그러나 초상집의 출산연극을 보면서 우리 모두는 생각이 달라졌다. 초분장은 단순히 시신을 풀 속에 묻는 행위가 아니었다. 더 넓은 상상세계의 초원으로 망자의 영혼을 보내면서 인생 유전에 따른 재현을 꿈꾸는 것이 아닌가.

출산연극은 자정이 훨씬 넘어서야 끝났다. 상주와 출연자, 관객이 함께 어울려 마당은 와자지껄했다. 우리가 마당에 앉아 연극을 보는 동안 교장 선생님은 먼저 숙소로 돌아갔는지 보이지 않았다. 연극이 끝난 뒤 서 선생과 우리는 바닷바람을 쐬며 어제 낮에 애들이 바다로 뛰어내리던 길을 돌아 천천히 학교로 올라왔다.

자정이 넘었는데 학생들은 자연스럽게 교실에 둘러앉았다. 출산 연극에 대한 소감을 얘기하기 시작했다. 서 선생도 학생들 틈에서 열심히 자신의 의견을 폈다.

죽음의 의식이란 무엇인가. 외형적으로는 시체를 처리하는 의식 이다. 그러나 그 의식 속에 층위가 다른 세계관이 깃들어 있음을 터 득한 학생들은 눈을 크게 뜨고 밤을 밝혔다. 인간 사고의 깊이, 삶의 심연에 가라앉아 있는 또 하나의 인간을 찾는데 졸음이 있을 수는 없었다.

실습선을 기다리는 동안이 제법 길겠다고 생각했는데, 초분 조사 까지 끝내려면 앞으로 남은 나흘 한나절이 너무 짧다는 생각이 들었 다. 학생들은 오늘의 충격에 묶여 다음 조사는 그야말로 다음이 되 는 게 아닌가 걱정이 될 정도였다.

나는 어젯밤 그 자리에다 다시 잠자리를 폈다. 그리고 조사일지 를 끄집어냈다. 어젯밤은 시끄러워서 잘 수가 없었고, 오늘 밤은 생 각에 잡혀 잠을 이룰 수가 없다.

뒤치락거리던 나는 마침내 잠을 포기하고 일어나 앉았다. 지금 사라져가고 있는, 그리고 지금 만들어져 가고 있는 문화의 가치에 대해서 나름의 생각을 정리해 적기 시작했다. 가치관에는 편향성이 있을 수 없다. 있다면 그것은 오류다. 그런 편견이 인간의 질서와 인 간의 행복을 담보할 수 있을까.

갇혀 있는 생각의 울타리를 흔들며 초상집에서 노랫소리가 또 들려오는 것 같았다. 환청인지 아닌지는 알 수 없었지만 노랫말은 분명했다.

돈 벌로 가자 돈 벌로 가자

진도 바다로 돈 벌로 가자

우리 배 사공님 신수가 좋아

오만 칠천 량 벌어다 놓고-

부재자의 증언　　—

우편함 뚜껑이 반쯤 열려 있다. 백화점 세일 광고와 어제 봤던 학원 전단도 아직 그대로다. 허접스런 우편물로 우편함이 비좁다.

306호는 우편물이 별로 없는 집이다. 그런데도 우편함 안에는 우편물이 가득하다. 뽑아가지 않기 때문이다. 아파트를 순찰하던 경비원 김 씨는 그것을 보다 말고 갑자기 이상하다는 생각이 들었다. 그런 집은 사고가 있을 가능성이 높다는 뉴스가 머리에 떠올랐기 때문이다.

그러고 보니까 아들 간병을 하는 어머니도 얼마 전부터 보이지 않았다. 아들이야 항상 집에 누워 있으니 경비실에서는 볼 수 없지만 그의 어머니는 왜 보이지 않았을까. 김 씨는 잠시 생각하다 말고 우편물을 모두 챙겨 들었다. 엘리베이터를 타지 않고 3층으로 뛰어 올라갔다. 그리고 아파트 현관문을 두드렸다. 아무 반응이 없다.

멈칫거리다 문 앞에다 우편물을 그대로 놔두고 내려왔다. 경비실로 돌아와서 환자의 어머니를 언제 봤는지 기억을 더듬어봤다. 기억이 나지 않았다. 아들 때문에 약국에서 약도 타오고, 동네 가게도 혼자 갔다 오고는 했는데.

김 씨는 경비실에서 인터폰으로 연락을 해봤다. 역시 응답이 없다.

방정맞게도 나트랑 전투부대에서의 기억과 며칠 전 뉴스에서 본 기억이 머릿속에서 뒤섞였다. 출동한 병사의 사물함에 우편물이 쌓이면 병사의 전사나 사고사 가능성이 높았다. 그런데 이 집엔 왜 우편물이 쌓이나. 요즘 고독사가 많다는데, 섬뜩한 생각이 들었다. 어쩐지 두 사건이 우편물과 연관된 서로 닮은 꼴 같아서 예감이 별로 좋지 않았다.

김 씨는 1966년 8월 30일에 월남전에 파병되었다. 미군 수송선 LST로 부산항 중앙부두를 떠나 처음 도착한 곳이 베트남의 나트랑이었다. 거기서 백마부대 포병대와 후송병원이 있는 니노아로 파견된 것은 불과 며칠 뒤였다. 휴양지인 줄 알았던 니노아에서 도착 즉시 전투 현장에 투입되었다.

도무지 전선을 알 수 없는 전장, 밤낮없는 굉음, 소이탄으로 밤이 대낮보다 밝은 전장에서 부상병들은 들것에 실려 후송병원으로 옮겨졌다. 다음 날은 다른 병사들이 트럭에 실려 막사를 떠났다. 문서연락병 김 씨는 고국에서 온 군사우편도 숙소로 전해주곤 했다. 며칠째 위문품과 우편물이 사물함에 그대로면 수취인은 사고다. 사물함에 붙어 있던 사병의 이름이 바뀌어버리는 사물함은 수취인이 전사했거나 다른 부대로 옮겼거나다.

그런 것을 경험한 김 씨는 306호가 며칠째 인기척이 없으니 이상할 수밖에 없었다. 그러나 이 집은 다른 집과는 다르다. 신문에서 말하는 고독사 따위는 없을 집이다. 뇌출혈로 수술한 아들과 간병하는 어머니 둘밖에 없어서 조용한 집이었을 뿐이다. 신문은 보지 않으며, 텔레비전을 크게 트는 일도 없었다. 어머니는 아들을 부축해서, 또는 혼자 병원에 갔다 올 때도 콜택시를 이용했으며 아주 조용했다. 이웃과 잘 어울리지도 않았고 극빈 가정도 아니었다.

그 어머니를 본 것이 왜 까마득한가. 왜 우편물이 쌓여도 가져가지 않았는가. 그래도 모자가 함께 사는데 고독사를 의심할 수는 없지 않은가. 김 씨는 생각하다가 의심의 꼬리를 잘라버렸다. 자신만 몰랐지, 뇌수술 아들을 데리고 병원에 입원했을 수도 있지 않은가.

비번이었던 날은 모르겠다. 그러나 비번 뒷날 출근한 김 씨는 이내 306호 현관문 앞부터 먼저 살펴봤다. 여전히 새로운 우편물이 그대로 쌓여있다. 아무래도 수상한 일이다. 거기에다 그 집은 종일 조용하기만 했다. 김 씨는 혼자서 또 괜한 상상을 하고 있는지 모른다는 생각이 들었다.

'내가 비번인 날 집을 비웠겠지. 아들이 병원에 다시 입원했다든지. 그랬다면 교대할 때 전날 근무자가 그런 사정을 말이라도 해줬을 텐데-.'

궁금해진 김 씨는 점심을 먹고 306호로 또 올라가 현관문을 한번 노크해 보았다. 여전히 무반응이었다. 입원이라도 한 게 틀림없을 것 같았다. 그런 가운데 어정어정 하루가 가버렸다. 이튿날 새벽 경비교대를 하면서 인수자에게 306호에 아무 이상이 없었냐고 물었다.

"그 집에 무슨 일이라도 생겼어요? 원래 조용한 집이잖아요. 내가 근무할 때는 아무 일도 없었는데-."

왜 그러냐는 표정이다. 김 씨는 그 문제를 두고 더 말해 봐도 소용이 없을 것 같았다.

"아니, 그럼 됐어요. 들락거리는 사람도 전혀 없고 그래서요. 그럼 난 그냥 가볼게요."

중얼거리듯 한마디 인사를 남기고 김 씨는 점심 저녁용으로 가져왔던 도시락 빈 것 두 개를 가방에 챙겨 넣었다. 그리고 홀가분한 기분으로 경비실을 나왔다. 피곤했던 밤 근무가 끝난 새벽이면 언제나처럼 기분이 상쾌해진다. 가뿐한 마음으로 바쁜 일이라도 있는 것처럼 시내버스 주차장 쪽으로 부지런히 발놀림을 했다.

벌써 여름이 밀려가고 있는 것 같았다. 이제 막 차가운 계곡 어디라도 건너온 듯 아침 공기가 삽상했다. 후덥지근하던 새벽이 어느덧 싱그러움으로, 다시 서늘함으로 바뀌어버린 것 같았다. 요새는 계절의 변화를 알 수가 없다.

306호. 이사 온 지 오래되지 않은 집이다. 세 들어 온 게 아니고 사 들어왔다. 여주인의 정확한 나이는 입주자 명부를 보면 알 수는 있다. 그러나 예순까지는 아닌 것 같다. 요새는 얼굴만 보고 나이를 짐작하기란 쉽지 않다. 어떻든 나이에 비해 젊어 보이는 얼굴이라는 느낌이 드는 조용한 사람이었다. 재산 정도야 알 수 없지만 궁색한 티는 없었다.

서른 정도, 그런 아들이랑 두 식구가 이사를 왔다. 아들은 키도 훤칠하게 컸다. 그리고 체중도 상당히 나갈 듯 건강해 보였고 성격도 좋아 보였다. 아버지는 없는지 모자 둘 뿐이었다. 김 씨는 머리를 흔들어 부질없는 생각들을 쫓아버렸다. 그런데 이삿짐이 참 단출했다는 생각이 또 들었다. 어머니와 아들이 저 나이면 묵은 살림은 분명할 텐데.

요새는 어지간한 가정이면 보통 컨테이너 크기의 트럭으로 이사를 한다. 그런데 이 집은 신접살림이라도 시작한 것처럼 작은 트럭에 이삿짐을 싣고 왔었다. 짐의 양만 보고 말한다면 초라할 정도. 여인에게는 남편이 없는 것 같아 보였고 아들도 아직 미혼임이 분명했다. 아파트 경비원 몇 년만 하면 어중간히 관상쟁이는 뺨칠 정도가 된다.

이사가 끝나자 여인은 떡을 돌렸다. 36층까지 모두가 아니고 대략 10층까지만 돌리는 것 같았다. 경비실에는 다른 입주자의 입주 때에 비해 더 넉넉하게 떡을 줬다.

"낮 동안에는 집이 빌 때도 더러 있습니다. 잘 부탁할게요."

낮은 목소리에 인사말이 차분하다. 김 씨는 경비원 생활을 해오면서 잘난 사람도, 되바라진 사람도 수없이 봐 왔다. 새로 입주한 여인의 말씨나 표정으로 봐 시끄럽거나 애먹일 사람이 아님은 직감으로 알 수 있었다. 이 정도라면 새로운 입주자 치고는 안심할 수 있는 편이었다.

경비실을 지키지 않는다느니, 불친절하다느니, 경비실에 맡겨 둔 물건을 왜 제때 전달해 주지 않냐느니 하는 단골 메뉴에는 이제 익숙하다. 깐죽거리는 표정을 보면 올 때부터 애먹이겠구나 싶던 사람은 역시 애를 먹였다. 306호의 새 주인은 그럴 사람 같지는 않았다.

월남전에서 선임하사를 잘못 만나면 더럽게 애먹는다. 얼굴빛이 거머무트름하고 눈이 독사 눈처럼 반짝거리면 틀림없이 행투가 있다. 어깨에 다이아몬드가 붙은 장교도 그런 선임들은 더러워서 잘 맞닥뜨리지 않는다. 그런 선임에게 전투화로 촛대뼈라도 차이면 손해다. 군에서는 눈치와 인내 훈련이 잘되어 있어야 산다. 젊은 입주자와 부질없는 시비에 덕 볼 것 없다는 것은 말단 사병의 눈치 보기나 뭐가 다르겠는가. 김 씨는 역전의 용사답게 그런 훈련은 어느 정도 되어 있었다.

쓰레기를 버리는 날이면 버리는 사람 성격도 알 수 있고 살림 내용도 알 수 있다. 심지어 가족들의 기호까지도 알 수 있다. 성격이 고약한 사람은 아무래도 쓰레기에 심성의 흔적이 찍혀 나온다. 그래도 그런 사람과 시비를 가릴 필요가 있겠는가. 지금은 비록 나이 들고 할 일 없어 아파트 경비로 소일하고 있지만, 역전의 용사가 천덕꾸러기까지 될 수야 없지.

새로 이사 온 집은 그런 걱정은 하지 않아도 될 것 같았다. 아들은 이따금 밤늦게 돌아왔다. 그런 날에는 한잔한 표가 났다. 한잔 한 사람은 표정을 잘 숨기지 않는다. 그런 날의 젊은이의 표정에서 불만이나 우울 같은 것이 느껴지지는 않았다. 경비실 앞을 지나면서 경비실을 향해 손을 휙 흔들고 들어가는 날은 대부분 한잔 한 날이었다.

그런 청년이 이사 온 뒤 얼마지 않아 집안에서 쓰러졌다. 김 씨는

143

자세한 내용을 알 수 없었다. 아는 것은 한잔하고 밤늦게 와서 소파에 드러눕다가 바닥으로 굴러떨어져 머리를 심하게 찧었다는 정도다. 어머니는 잠결에 그 소리를 들었으나 대수롭잖게 생각했다. 신음소리가 계속 들려 거실로 나와 보니 꼼짝도 못 하는 지경이었다. 시간이 얼마나 흘렀는지, 이미 아들은 의식이 거의 없었고 한쪽 팔이 늘어진 채 거동이 자유롭지 않았다.

급하게 구급차를 불러 병원으로 갔다. 당장 생명에는 이상이 없지만 뇌진탕으로 인한 출혈은 상당히 진행됐다는 의사의 설명이었다. 물론 수술을 해야 알겠지만 예후는 지켜봐야겠다고 얼버무렸다. 응급실에서는 혈액이 응고되지 않도록 항응고제를 주사하는 등 긴급조처로 밤을 새웠다. 날이 밝자 바로 수술에 들어갔다.

"수술은 잘 됐습니다. 조금만 늦었어도 큰일 날 뻔했습니다. 좀 두고 봐야 하지만 예후는 크게 우려되지는 않습니다."

수술에 무려 8시간이 걸렸다. 수술실에서 나온 집도 의사는 간단히 이 말만 남기고 다른 환자를 수술해야 한다면서 어디론가 바쁘게 사라져버렸다. 어머니는 '예후'가 무슨 말인지 뜻을 알고 싶었다. 그렇지만 의사가 바쁘게 자리를 떠나 짐작으로만 앞으로도 큰 걱정할 것은 없다는 뜻으로 생각되었다.

306호는 그런 일로 제법 오래 집을 비웠다. 김 씨는 그래서 306호의 그간의 사정을 잘 알고 있다. 그렇기 때문에 퇴원해서 집에서 가료 중인 아들이 최근 다시 건강이 악화되어 병원에 갔을 수도 있다는 생각을 하게 된 것이다. 거기에다 뉴스에서 봤던 고독사 문제도 머리에 떠올라 방정맞은 생각을 자꾸 하게 되었던 것이다.

　죽을 사람은 하찮은 일로도 죽는다. 그러나 죽지 않을 사람은 머리가 깨지고 팔다리가 떨어져도 죽지 않는다. 월남전 참전 때 적진에서 날아온 박격포탄이 터져 복부가 파열돼 전사로 처리된 사람이 시체 영치실에서 살아난 경우도 목격했다. 그런 김씨로서는 여간한 사고에도 담대할 수가 있었다.

　306호 아들은 원래 건강했다. 사람도 좋아 보였다. 사고가 나자 빨리 병원으로 가서 수술도 무사히 끝냈다. 지금은 퇴원해서 집에서 가료 중이지만 그런 사람은 어째도 살 사람이다. 뭐 따로 크게 걱정할 것이 있겠는가. 지금은 거동도 부자유스럽고 말을 거의 못하지만 상태는 점점 좋아지고 있다고 하지 않는가. 요즘 며칠 사이에 모자를 볼 수 없었던 것은 병원에 가서 검사를 하거나 아니면 휴양을 위해 함께 어디로 잠시 갔을 수도 있지 않겠는가.

　집을 오래 비울 일이 있었다면 경비실에 말이라도 하고 갔을 것이다. 그런데, 말없이 어디로 갔다는 것은 믿기 어렵다. 어떻든 김씨는 현관문 앞에 우편물을 두고 온 것이 신경이 쓰였다. 가며 오며 누가 봐도 그 집에 사람이 없다는 사실을 금방 알 수 있게 해주기 때문이다. 도둑들은 그런 집을 노린다. 현관 앞에 쌓인 우편물은 자칫하면 도둑에게 〈안에 사람 없음〉이라는 정보를 제공할 수도 있어 찜찜했다.

　이날도 하오가 됐다. 306호가 빈집임을 알고 난 뒤 벌써 사흘째다. 그렇다면 왜 며칠째 집이 비어 있었단 말인가. 신문 배달하는 사람이 경비실에 주고 간 신문을 들고 앉았지만 내용이 좀처럼 머리에 들어오지 않았다. 그때였다.

"아저씨, 306호실 사람들 어디로 갔는지 모르세요?"

언젠가 본 듯한 여자다. 306호실 주인 여자보다 약간 젊다. 너무 닮아서 금방 여동생이란 것을 알았다. 기억을 더듬을 것도 없이 분명히 몇 번은 본 사람이었다.

"잘 모르겠는데요. 우리도 궁금해하고 있어요."

"이상해서요. 몇 번 전화를 했는데도 받지 않고요."

"핸드폰도요?"

"예, 핸드폰도 받지 않고, 며칠 동안 계속 집으로 전화를 해도 받지 않아 궁금해서 와 봤어요. 어디 멀리라도 가면 간다고 전화라도 했을 텐데."

방문객의 얼굴색이 금방 어두워졌다. 웬만한 일에는 당황하지 않는 김 씨도 갑자기 긴장이 가슴을 확 조였다.

"아저씨, 미안하지만 집에 한 번 들어가 볼 수는 없을까요? 함께요."

김 씨는 그러자고 했다. 그러잖아도 들어가 보고 싶었던 참이다. 금방 비상열쇠를 챙겨 들고 방문객과 함께 엘리베이터를 탔다. 3층에서 엘리베이터 문이 열리자 306호 현관문 앞에 둔 우편물이 먼저 눈에 들어왔다. 어지럽게 놓여 있는 우편물이 집안에 아무도 없다고 손사래라도 치고 있는 것 같았다.

김 씨는 우편물을 거둬 챙겨 들었다. 그리고 우선 현관문부터 노

크했다. 역시 반응이 없었다. 몇 번 연거푸 노크를 했지만 마찬가지
였다. 이번에는 방문한 여인이 현관문 고리를 잡고 흔들다가 다시
문을 두드렸다. 계속 두드리면서

"언니, 내가 왔어요! 안에 아무도 없어요?"

여인도 섬뜩한 생각이 든 모양이었다. 몇 번 문을 두드리며 안을
향해 소리를 쳤지만 무반응이었다. 김 씨는 문을 열기 위해 열쇠를 들
었다. 순간 이 열쇠로는 문을 열 수 없음을 알았다. 바쁘게 서둔다고
현관문이 전자식 잠금장치로 바뀌어 있다는 것을 깜빡했던 것이다.

"잠깐 기다리세요. 전자열쇠를 가져올게요."

김 씨는 우편물을 한 손에 든 채 계단을 통해 경비실로 뛰어 내려
갔다. 만일을 위해 경비실에 준비되어 있는 비상 전자 충격기를 들
고 왔다. 찍-소리가 나면서 잠금장치는 금방 풀렸다.

"언니- 안에 아무도 없어요?"

방문객이 조심스럽게 현관으로 들어서며 물었다. 대답이 있을 턱
이 없다. 여인은 현관에 서서 안쪽을 기웃거리다가 신발을 벗고 거
실로 올라섰다. 김 씨는 빈집이어서 여인이 곧 되돌아 나올 것이라
고 생각하며 그대로 서 있었다.

"아이구! 언니! 언니-."

안쪽으로 들어가던 여인은 급하게 걸음을 멈추며 비명을 질렀다.

거실의 긴 소파 앞 마룻바닥에 언니는 반드시 누워 있었다. 그리
고 아들도 침대에 누운 채로였다. 신발을 벗고 거실로 올라선 김씨
도 이 광경에 놀라 멈칫하지 않을 수 없었다. 역전의 용사였다고 평

소에 자부해 왔던 김 씨도 이런 경우에는 어떻게 해야 할지 일머리가 잡히지 않았다. 여인은 누워 있는 언니를 흔들려고 했다.

"잠깐만요! 가만 계세요. 흔들거나 만지면 안되고요-."

우선 경찰에 신고부터 하고, 119도 부르자면서 손대지 말고 잠깐 기다리자고 했다.

여인은 침착을 잃고 어쩔 줄 몰라 했다. 김 씨가 서두르지 못하게 하자 그 여인은 무릎을 털썩 꿇어앉았다. 그리고 두 손으로 바닥을 짚고 넋이 나간 것처럼 시신을 바라보고 있었다. 김 씨는 119에 전화를 했다. 119에서는 사망 여부를 묻고 경찰에 먼저 전화부터 하라고 일러주었다. 그사이에 가겠다는 것이었다.

전화를 하자 곧 지구대에서 경찰관 두 명이 왔다. 뒤이어 경찰서에서도 두 명의 경찰관이 도착했다. 그들은 현장 사진부터 찍었다. 그리고 김 씨에게 사망자에 대한 그간의 동정을 바쁘게 물었다. 방문객에게는 사망자와의 관계도 묻고 방문을 하게 된 이유, 사망자의 신분 등에 대해서도 역시 바쁘게 물었다.

그 사이 119가 '삐이- 뽀오-' 소리를 내면서 달려왔다. 경찰은 사망자의 사망 원인이 타살인가에만 신경을 쏟았다. 달려온 구급대 사람은 의사가 진단할 일이지만, 자기로서는 두 사람 다 일단 정황으로 봐 타살은 아닌 것 같다고 했다. 시신은 아들이 수술했던 가까운 종합병원 영안실로 옮겨졌다.

의사는 여자의 사망원인이 심장마비라고 진단했다. 놀랍게도 아들의 사망원인은 아사였다. 굶어 죽었다는 것이다. 어머니는 열흘

전쯤에 사망한 것 같고 아들은 여러 가지 상태로 봐서 일주일은 넘지 않은 것 같다고 추정했다.

김 씨가 우편물을 들고 가서 현관문을 두드릴 때에도 혹시 아들이 숨은 끊어지지 않고 있었을지 모른다. 이모가 전화를 했을 때도 살아 있었을 가능성은 있다. 말할 수도 움직일 수도 없는 아들은 전화소리나 노크에 반응을 못 해 이 지경에 이른 것 같았다.

경찰은 검사의 변사자 신병처리 지침에 따라 사인규명을 위한 시신부검은 하지 않기로 했다. 단순변사로 처리된 것이다. 청년은 어머니의 죽음으로 누구로부터도 도움을 받지 못해 굶어 죽었으니 무연고사였던 셈이다. 사고현장을 최초로 발견한 김 씨는 몇 번에 걸쳐 경찰의 조사를 받아야 했다. 때로는 여동생이라는 사람과 함께 조사를 받기도 했다.

조사를 받는 과정에서 언니인 306호 주인에 대해서 동생의 입을 통해 많은 것을 알게 되었다. 식구가 아들이랑 둘뿐인 이유도 비로소 알 수가 있었다.

자매의 아버지가 만 19살을 넘겼을 때 6·25가 터졌다. 전쟁이 나자 청년은 물론 소년들까지 군에 입대해서 전장으로 향했다. 아버지는 집에서 그다지 멀지 않은 진해로 가서 해군에 자원입대했다. 군함에 배속되어 승조원이 되긴 했지만 조타병, 갑판병, 장포병과 같은 직접 전투 수병이 아니라 기관실에서 근무하는 수병이 되었다.

아버지가 타게 된 배는 군함이라고는 하지만 일제 때의 어선을 개조한 것이었다. 기선저인망 어선이어서 힘도 있고 속력도 있었다.

군함도 제대로 갖추지 못한 채 창설된 해군은 주인도 없고 쓸만한 어선들을 모두 군함으로 사용했던 것이다. 그런 배는 사흘이 멀다고 고장이 잦았다. 해방이 됐을 때 당연히 배를 타고 일본으로 도망갔을 선주가 오죽하면 배를 버리고 갔겠는가.

아버지는 그 덕택에 선박기관 수리에 도사가 되었다. 선박의 고장 난 기관은 모조리 수리 실습의 도구가 되었기 때문이다. 그래서 출동보다는 해군 조선창 선가에서 기관 수리를 위해 일하는 날이 많았다. 그러는 사이에 휴전이 되었다.

그래도 아버지는 즉시 제대를 못했다. 의무연한이 법적으로는 있는지 몰라도 그때는 누구에게도 제때 제대란 없었다. 휴전도 되고 난 훨씬 뒤 24살에 들어서야 겨우 제대를 했다. 제대를 하고 집에 온 뒤 부모들의 강권을 이기지 못해 아버지는 이내 결혼을 했다.

그때는 제대를 하고 돌아오면 부모들은 무조건 아들 결혼부터 시켰다. 전쟁으로 수없이 죽음을 본 부모들은 우선 자손부터 봐야 안심이 되었던 때다. 달리 가진 것도 없는 황량한 고향으로 돌아온 아버지도 할 수 없이 가정을 이루기는 했지만 생계대책이 없었다.

먹고살 일도 아득한데 다음 해에 딸을 얻었다. 그 딸이 며칠 전 아들과 함께 비운을 맞은 언니다. 그래도 구제 중학교까지 다녔는데, 아버지는 식솔과 함께 농사나 지으면서 고향에서 살기는 억울하다는 생각이 들었다. 더욱이나 군에서 익힌 선박기관 수리 기술은 분명 어딘가에서 써먹을 수 있을 것만 같았다.

아버지는 무작정 부산으로 왔다. 영도 일대 해변에는 크고 작은 선박 수리공장이 많았다. 거기서 일자리를 얻기 위해서였다. 며칠을 헤맨 끝에 간신히 혼자서나 입치레가 가능한 기관수리공 자리를 하나 얻었다. 자신의 소득으로서는 가족을 먹여 살릴 수가 없어 가족이 있는 시골집에는 이따금 왔다 갔다만 했다. 그리고 수입이 더 나은 일자리도 열심히 찾았다.

전쟁에 동원되었던 낡은 어선들이 한두 척씩 우리나라 최대의 어항이었던 부산으로 돌아왔다. 그런 배들을 수리하기 위한 일들은 차츰 늘어났다. 아버지도 바빠졌다. 바빠질 뿐만 아니라 기술에 대한 소문도 좋아졌다.

어머니가 아버지를 따라 부산으로 올 때의 가족은 어머니 외에도 딸 둘 아들 하나였다. 아버지는 일터와 가까운 영도 대교동에 작은 집을 마련했다. 안정된 생활로 가족들은 단란을 누릴 수 있었지만 아버지는 밤낮이 없었다.

갈매기가 날기 시작하는 이른 아침에 일터로 나가서 갈매기가 날개를 접을 무렵이면 겨우 기름옷을 벗었다. 그래서 아버지를 사람들은 갈매기 아저씨라고 불렀다. 가족이 함께 쉬는 날도 아버지는 물론 식구들 누구도 쉬는 것을 기대하지 않았다. 아버지는 오직 일뿐이었다. 살림 형편이 좋아지자 집도 좀 더 넓은 곳으로 옮겼다. 학교 성적이 좋은 언니와 남동생은 차례로 모두 좋은 학교에 입학했다.

언니가 중학교 다닐 때 아버지는 일자리를 옮겼다. 나라의 경제 사정이 좋아지면서 새로운 직업도, 전에는 없던 직종도 늘었다. 특히 원양어업이 폭발적으로 성공을 거두면서 갑자기 어선이 늘어나고 선박을 건조하고 관리할 사람의 손도 여기저기서 필요로 했다. 기왕에 있던 수리공장에서도 아버지는 공장장으로 안정된 생활을 할 수는 있었다. 그러나 조건도 좋고 더 큰 회사의 높은 자리가 있어 그쪽으로 일자리를 옮겼다.

아버지 회사에서 남태평양으로 내보낸 참치잡이 연승어선은 계속 만선이었다. 60년대 중반부터는 어선의 척수를 늘리고 사모아 기지도 확장했다. 북태평양으로 출어한 기선저인망 어선은 갑판에 물이 넘칠 정도로 명태와 대구를 가득 싣고 출어 한 달도 되지 않아 귀항했다. 이들 선박의 관리를 책임진 아버지는 자가용으로 출퇴근하는 이른바 출세한 사람이 되었다.

전쟁은 살육과 파괴의 다른 이름이기도 했다. 그러나 전쟁은 역설적으로 번영을 불러오기도 한다. 그 폐허를 딛고 모두 이를 악물며 더욱 열심히 일을 했는지 모른다. 포탄에 맞아 아버지의 배가 침몰됐더라면 어떻게 되었겠는가. 그래서 살아남은 자의 의지는 강철이 되는 것이다. 아버지가 이를 악물었던 것도 그 때문인지 모른다. 그때는 먹고 살기 위해서 모두들 밤잠을 설치지 않으면 안 되었던 때였으니까.

언니는 학교 성적이 매우 우수했다. 남동생도 마찬가지였다. 아버지의 성공은 한 집안의 위상을 높여주었다. 경제적 여건이 좋아지자 아버지는 서울이고 미국이고 성적만 된다면 아이들을 끝까지 공부시키며 밀어주겠다고 늘 용기를 주었다.

약주에 얼큰한 날이면 아버지는 군대 얘기를 끄집어내곤 했다.

군대 이야기만 나오면 끝이 어딘지 알 수 없을 정도로 길었다. 그 고생 이야기는 졸면서 들어도 참으로 대단했다. 그러나 그 결론은 언제나 한 가닥으로 연결되었다. 전쟁 없는 시대에 자란 행복을 만끽하면서 공부 열심히 하라는 것이었다. 전쟁을 겪은 세대의 비원이었던 셈이다.

언니는 대학원까지 나왔다. 어쩌면 더 공부를 할 수도 있었다. 그러나 70년대에 들어 두 차례나 유류파동을 겪으면서 원양수산업도 지난날 같지 않았다. 급팽창한 어선 수에 비해 자원은 차츰 줄어들었다. 어선들도 낡아 갔다. 업계의 환경이 옛날 같지 않아지자 아버지는 쉬고 싶다면서 회사를 그만두었다. 집안 형편이 어려워진 것은 아니었지만 언니도 공부를 하면서 평생을 살겠다는 생각은 접었다.

아버지는 복잡한 도시에서 톱니바퀴처럼 살아온 삶에 지친 것 같았다. 그동안에 저축한 여력으로 고향에서 여생을 조용히 보내고 싶어 했다. 젊은 날 목숨을 건 참전, 회사를 위한 혼신의 노력, 고생고생 끝에 자수성가를 이루자 이제는 여유롭게 살고 싶어 했다. 아이들도 다 키웠으니 걸리는 것은 아무것도 없지 않았겠는가.

언니와 자신이 결혼을 하고 동생이 외국으로 공부하러 가자 아버지는 정말 고향으로 거처를 옮겼다. 처음에는 주위에서도 막상 고향으로 돌아가면 적응이 잘 안 될 것이라고 만류했다. 그러나 서독 광부에 비하면 아무것도 아니라면서 아버지는 모든 것을 털고 어머니와 함께 홀연히 낙향을 한 것이다.

이른바 베이비 붐 세대의 부잣집 아들로, 형부는 잘나가는 청년이었다. 세상 물정을 잘 모르는 것이 흠이긴 해도 성격 좋은 기분파였다. 매사 꼼꼼하고 침착한 언니와는 다른 점이 많았다. 그러나 금슬은 좋았다. 성격이 다른 점에 잘 어울릴 수 있는 비밀이 숨어 있었는지, 아니면 언니의 노력이 전적인 이유였는지 우리로서는 알 수가 없었다.

아이가 생겼다. 아들이었다. 두 집안 모두의 경사였다. 시가에서도 언니의 출산은 충분히 감당할 수 있었다. 그렇지만 이런 일은 친정 몫이라면서 어머니가 내려와 병원비는 물론 조리원의 비용까지 대면서 곁에서 외손자 출산의 온갖 뒤치다꺼리를 도맡았다.

딸에게 어머니란 어떤 존재인가. 어머니를 통해서 그런 것을 보면서 부산에서 살고 있는 자매는 서로를 아끼고 사랑하는 방법을 배웠다.

형부를 닮아서인지 신생아는 건강했다. 태어날 때부터 체중이 4킬로에 가까웠다. 언니는 아이에게 갖은 정성을 다했다. 성격대로였다. 형부도 아이가 있자 일찍 퇴근해서 아이와 시간을 보냈다. 누가 봐도 깨가 쏟아지는 집이었다.

언니는 조카에게 모든 것을 바쳤다. 어머니에게서 자식 사랑을 배웠던 것처럼 여동생은 언니에게서 모성애를 배웠다. 저런 눈물겨운 저력 때문에 여자는 약하지만 어머니는 강하다고들 말하는 것인가. 그런 언니가 두 번째 아이는 사산을 했다. 감당하기 어려운 충격이었다.

처음에는 그렇지 않았는데, 형부는 사업이 번창해지자 차츰 물신 주의자의 모습을 보이기 시작했다. 조카에게 잘해주는 것도 마음보다는 돈이 앞섰다. 아이의 능력을 개발해서 스스로 공부를 잘하게 하는 것이 아니라, 외동이라서 그랬는지 고액의 과외수업에 의존하려고 했다. 아이가 자라는 동안 아이 아빠의 그런 태도가 언니에게는 차츰 못마땅했다.

형부는 일자리도 어렵지 않게 곧잘 옮기곤 했다. 수출이 급팽창하면서 수출입 물동량이 늘어나자 보세창고업에도 손을 뻗쳤다. 어떤 업체는 사업이 좀 되는가 했는데 금방 다 정리해버리고 당시 인기가 상승했던 의류 수출업에도 뛰어들었다.

손대는 사업마다 번창했다. 그러나 해마다 국내의 인건비는 상승했다. 거기에다 주 고객인 미국의 바이어가 수입선을 중국으로 바꿨다. 형부는 여기서 한번 휘청하고는, 인건비가 싼 멕시코에다 의류 공장을 세워 관세장벽을 뛰어넘는 모험을 강행했다. 그 사업은 성공적이었다. 그러나 원자재의 수입과 수출에서 말썽이 생겼다. 어떻게 된 영문인지 알 수 없지만, 관세법 위반으로 미국에 엄청난 벌금을 물어야 했다. 회사는 또 휘청하더니 쓰러지고 말았다.

그때부터 형부는 국내에 들어오면 언제나 술판이었다. 거기에다 외박을 죽 먹듯 했다. 참을성 있는 언니도 차츰 형부와의 갈등의 늪에 빠지기 시작했다. 형부는 그게 귀찮았다. 그래서 금실 좋던 부부의 틈은 점점 커졌다.

금이 간 거울은 오래 가지 않는다고 했던가? 파경은 드디어 오고 말았다. 어머니가 놀라서 달려와 말렸다. 그러나 평소 부드러운 성격의 언니였지만 형부의 처신에는 단호했다. 형부는 파경의 원인제공자가 되었고, 언니는 어렵지 않게 이혼소송에서 승소했다.

언니는 조카만 데리고 빈 몸으로 집을 나와 아파트로 이사를 했다. 그래도 후련한지 찌푸린 얼굴을 하지 않고 살았다. 성격 좋은 조카여서 그랬는지 그 아이도 고통스러운 표정은 없었다. 조카는 최근 친구들을 자주 만나면서 일자리를 구했다. 그러면서 술도 한잔씩 했다. 언니는 아들의 술자리가 잦다고 이따금 잔소리도 하고 걱정도 했다.

결국 술이 화근이었다. 아들은 술에 못 이겨 소파에서 떨어지면서 뇌진탕이 되었다. 형부의 술판 돌기 때문에 이혼의 쓰라림을 겪은 언니였다. 거기에 아들의 술판 돌기가 몰고 온 상심의 쓰나미는 자신을 지켜주던 가슴의 방파제까지 무너뜨렸다.

이 사고는 언니의 내상을 깊게 했다. 혼수상태에서 깨어나지 못하는 아들이 뇌수술을 받아야 했기 때문이었다. 말을 하지도 못하고 반신불수로 거동도 제대로 안 되는 아들의 모습을 볼 때면 얼마나 가슴이 아팠겠는가. 그러나 좀처럼 겉으로는 내색을 하지 않으면서 아들의 간병에 온몸을 던졌다.

그것이 회복할 수 없는 가슴앓이가 되었던 것일까. 언니를 사망으로 몰고 간 심장마비는 발병원인이 불명이었다. 그러나 의학적으로는 불명이었는지 모르지만, 그 인과관계는 짚이는 것이 있었다. 언니가 살아서 곁에서 돌봐주는 것이 아닌데 쓰러져 있는 조카는 무슨 수로 먹을 수 있었으며, 살아남을 수가 있었겠는가.

김 씨는 306호에서 우편물을 찾아가지 않았던 이유를 비로소 알 수 있게 되었다. 찾아가지 않는 우편물을 생각하자 아무 연관도 없는 월남전에서의 수취인이 없었던 우편물과 죽었다가 살아난 병사가 또다시 머리에 떠올랐다.

수취인이 없는 우편물은 사고의 시그널이었다. 그 시그널은 존재와 부재의 차이를 의미했다. 그리고 그 부재는 때로는 죽음을 의미하는 기호가 되기도 했다.

박격포탄이 복부에서 폭발하면 생존이 어렵다. 그런데도 사는 사람은 산다. 시체로 분류되어 시체영치실 냉장창고에 던져지듯 보관되었던 병사의 시체. 화장을 위해 그날 오후에 군의관, 간호장교, 냉장창고 관리 사병이 함께 시체 영치실에 들어갔다가 뜻밖의 신음소리를 듣고 놀라 시체와 섞여 있는 환자를 외과 병동으로 긴급 후송, 복강 수술을 통해 목숨을 건졌던 일도 있었지 않았던가.

목숨은 묘한 것이다. 숨 쉬지 않는 어머니는 곁에는 있지만 부재자였다. 그래서 아들은 고독사를 면하지 못했던 것이다. 그런 상황에서는 어째도 살 수 없는 목숨이었다.

김 씨는 1968년 2월에 월남에서 돌아와 제대를 했다. 그 뒤 자기 사업이라고 해봤지만 본전만 거덜 냈다. 우두망찰하고 있을 수 없어 이 일 저 일을 해봤지만 남는 게 없었다. 보훈처의 국가유공자 급여금이라도 받지 않았더라면 살기마저도 어려울 뻔했다. 예순이 훌쩍 넘고 쓸쓸해지자 이제는 먹는 일 외에 소일거리가 간절했다. 몇 년 전에 간신히 얻은 아파트 경비원 자리가 그의 쓸쓸함에 온기를 넣어 주었다.

아파트 경비원, 일자리를 얻고 보니까 그 자리는 압축된 세상살이를 볼 수 있는 자리였다. 억압적이고 경비원 따위는 경멸해도 된다고 생각하는 입주자가 뜻밖에도 많았다. 그 가운데는 딸보다도 어린 입주자도 있었다. 때로는 신경질 나서 당장에 일을 집어 던질 생각도 했다. 그런 날이면 씩씩거리며 집으로 돌아온다. 그러나 전쟁터에서도 살아서 남았는데 그까짓 것 못 견뎌, 생각을 바꾼다. 그렇게 분을 삭이곤 했다.

그러구러 몇 년을 보내면서 김 씨는 또 하나의 새로운 세상을 깨우쳤다. 걷어가지 않는 우편물의 무언의 증언을 다시 들었고, 부재자가 얼마나 중요한 존재인가도 다시금 알게 되었다.

캡틴 페커　——

아침에 서재를 정리했다. 50~60년 전에는 학문적 선구를 자랑하던 귀한 책들도 눈에 띄었다. 그런 책까지도 앞으로 읽기가 어려울 것 같아 큰마음 먹고 몽땅 버리기로 했다.

요즘은 새로운 이론으로 구성된 좋은 책들이 넘친다. 그런 속에서 고서로 전락한 이런 책들은 서지적 가치 외에 보관의 큰 의미가 없어져 버렸다. 켜켜이 먼지를 뒤집어쓰고 변색해 있는 책들이지만 막상 버리려니까 그래도 아까웠다. 그리고 섭섭한 마음까지 들었다.

언젠가는 다 버려야 할 것들, 읽을 필요가 있는 몇 권을 제외하고는 미련 없이 몽땅 버리기로 했다. 내친김에 서재 한쪽에 자리 잡고 있던 감사패 같은 것까지도 정리해서 내놓았다. 이제는 보관의 필요성이 없다고 생각되는 사진첩도 함께 버리기로 했다. 그러면서도 차마 버리기 아까워 책갈피도 펴보고, 감사패 뚜껑도 열어 봤다. 사진첩을 뒤적이니 아련한 추억이 물안개처럼 피어올랐다.

하오가 되어서야 그것들을 노끈으로 몇 묶음 나눠 묶을 수가 있었다. 오늘이 마침 쓰레기 버리는 날, 현관 밖으로 그것들을 들고 나가는데 사진 한 장이 바닥에 툭 떨어졌다. 학생 시절에 태권도 수련을 하면서 찍은 사진이다.

웃으면서 어깨를 걸고 함께 사진을 찍은 사람, 그는 나보다 나이가 많으니까 지금쯤은 아마 이 세상 사람이 아닐지도 모른다. 아니면 베트남 전쟁에 참전한 뒤부터 소식이 없었으니까 전사했을지도 모른다. 매사가 반듯했고 점잖았던 페커 대위, 나는 그 흑백 사진을 보면서 한동안 그의 생각에 잠겼다.

미군 부대 안에 있는 체육관을 짐이라고들 불렀다. 그 짐에서 뛸 수 있는 기회가 내게 주어졌다. 그것은 우연이었다. 나에게는 우연이었지만 사실은 전적으로 캡틴 페커의 노력으로 가능했던 일이다.

대학 입학시험도 끝났을 때였다. 느긋한 기분이 되어 나는 한동안 수련을 멈추고 있었던 태권도 도장에 다시 나가게 되었다. 추운 날에도 겨루기(그때는 자유대련이라고 불렀다)를 두어 판 치르고 나면 전신이 땀투성이가 되었다. 그때 방심해서 공격이라도 당하면 그 부위가 욱신거렸지만 뭔가 뿌듯한 기분도 들었다. 추위는 없어지고 기분도 상쾌해졌다.

그러던 어느 토요일 저녁 낯선 미군 한 명이 내가 운동하고 있는 태권도 도장 안을 기웃거렸다. 정확한 기억은 없지만 저녁 수련 시간이어서 열 명 남짓한 수련생이 도장에서 운동을 하고 있었던 것 같다. 그러나 그 가운데 누구도 그 미군을 응대할 사람은 없었다.

"캔 아이 헬프 유?"

세 명뿐이었던 유단자 가운데 그래도 그 정도로 간 크게 말할 수 있는 사람은 나뿐이었다. 유급자 가운데 영어를 할 수 있는 수련생은 있었는지 모른다. 그러나 도장에서는 유단자가 최고다. 유급자가 유단자를 제치고 앞에 나서기는 쉽지 않다. 그런 분위기였기에 유단자인 내가 반은 장난기를 섞어 그에게 이렇게 한 마디 툭 던졌다. 다른 생각은 없었다.

나의 말에 그는 금방 안도의 표정을 지으면서 도장 문에서 안으로 한 발짝 들어섰다. 그리고 나를 보면서 뭐라고 한마디 했다. 말이 무척 빨랐다. 거기에다 나는 생전에 들어보지도 못했던 영어였다. 갑자기 말이 막힌 나는 당황해서

"아이 캔트 스피크 잉글리쉬, 아이 엠 쏘리."

당황을 감추지 못한 채 손을 저었다. 그리고 그의 앞에서 어정쩡해버리고 말았다. 운동을 하다가 멈춘 다른 수련생들은 내가 저지른 희한한 장면을 흥미롭게 보면서 호기심을 쏟았다.

"오케이, 오케이, 노 프로브럼."

그가 천천히 하는 이 말은 알아들을 수 있었다. 그러나 내 영어 실력으로는 거기에 어떤 대응도 할 수 없었다. 그는 안으로 한 발짝 더 들어서면서 주머니에서 종이와 펜을 끄집어냈다. 그리고 뭐라고 적어 내 앞에 내밀었다.

"Can I practice here?"

자신이 쓴 이 글을 소리 내어 천천히 읽고 난 뒤 그는 내게 그것을 내밀었다. 그리고 나를 바라봤다.

그의 말은 여전히 알아들을 수가 없었다. 종이에 쓴 practice도 모

르는 단어였다. 뭘 아는 척하면서 앞에 나섰다가 낭패를 당한 것이다. 그는 내 표정을 보면서 이번에는 그가 자신도 여기서 운동을 할 수 있느냐는 것을 손짓, 발짓으로 물었다. 감은 잡혔다. 나는 그가 내민 종이에다 OK라고 적고 허가를 받아야 한다고 다시 몸놀림 영어를 했다.

그것이 계기가 되어 그는 내가 수련하는 초량도장에서 태권도를 수련하게 되었다. 자연스럽게 그의 지도는 내가 맡게 되었다. 엉망진창의 영어발음이었지만 그 정도라도 할 수 있는 사람은 그 수련시간대에는 나뿐이었기 때문이다. 그렇긴 해도 그 일이 나에게는 얼마나 다행이었는지 모른다.

그때의 중·고등학교 영어 선생님은 대부분 왜정시대에 영어를 배웠던 분들이었다. 그렇기 때문에 학생들까지도 영어발음이 일본식이어서 엉망이었다. 그래서 말 한마디 입을 달싹 못해도 문법만 잘 알면 영어성적은 누구나 좋았다. 혀가 꼬부라지는 오리지널 영어는 선생님도 학생들도 생각하지 못했던 때였다. 나도 마찬가지였다.

그런 영어로 내가 미군 장교에게 태권도를 가르쳤으니 소가 웃을 일이었다. 그러나 그 수련생은 그 당시의 한국 사람들의 영어가 대부분 그런 식이었기 때문인지 나의 엉터리 영어도 곧잘 알아들었다.

그는 서면에 있는 하이얼리어 미군 부대 소속 페커 중위였다. 키가 크고 미남이었으며 하는 짓이 아주 점잖았다. 그리고 자신보다 나이가 어린 나에게까지도 모든 면에서 대단히 공손했다.

그러나 그는 수련은 시작했지만 부대에서 매일 도장에 나오기는 어려웠다. 군인 신분이었기 때문이다. 그렇지만 수요일과 토요일의 야간 수련시간에는 빠지는 일이 없었다. 대신 나올 때면 긴 시간 동안 수련을 했다.

운동을 하다가 내가 터무니없는 영어를 하면 그는 그것을 바로 잡아 주기도 했다. 처음에는 조심스러워했지만 조금 지나자 그런 조심은 자연스럽게 없어졌다. 영어가 조금씩 느는 것도 같아 영어 공부하는 셈 치고 나는 그에게 마구 영어를 지껄이며 태권도도 열심히 가르쳤다.

그와 영어를 하는 것도 재미있었고 그의 태권도 실력이 느는 것도 재미있었다. 평소 게으른 성격이었지만 재미에 빠져 도장에는 더욱 열심이지 않을 수 없었다. 학교에서도 친구들이 내 영어가 본토 발음으로 변했다면서 놀리고, 그러면서 부러워하는 것이 싫지 않았다.

그는 태권도에서 제일 기초가 되는 기마자세를 처음에는 좀처럼 바로잡지 못했다. 주먹을 꽉 쥐고 하는 정권 지르기도 어쩐지 어깨가 앞으로 쑥쑥 나오면서 기본이 잡히지 않았고, 발 올려 차기와 옆 차기, 돌려 차기도 몸에 익지 않아 전체적인 균형이 불안정하고 어설프기만 했다.

처음에는 그랬지만 군에서 단련된 몸이라서 그런지 시간이 좀 지나자 품세의 출발인 태극형을 배울 때는 균형감도 있었고 발전도 순조로웠다. 자세가 바로 잡히자 키가 크고 근육이 단단해서 내가 가르치기 힘겨울 정도였다. 그의 발전은 놀랄 만큼 빨랐다.

페커 중위는 드디어 승급심사를 거쳐 흰색 도복 띠가 노란색으로 바뀌게 되었다. 그다음 파란 띠를 매는 날 그는 아이처럼 좋아 했다. 아홉 달 뒤에는 파란 띠가 빨간 띠로 바뀌었다. 보통 수련 시작 열 달은 돼야 빨간 띠를 맬 수 있는데 그는 승급을 빨리해서 빨간 띠를 일찍 맬 수 있게 된 것이다.

무엇보다 그와 나는 손짓, 발짓을 섞어서라도 소통이 잘 되었다. 개인적으로 친한 관계가 되지 않을 수 없었다. 서투르지만 그는 가능하면 나에게 한국말을 했고, 반대로 나는 그에게 영어를 했다. 서로 상대에게 외국어 교사까지 됐던 것이다.

"사범님, 오늘 맥주 같이 마십시다."

도장에서는 편의상 그가 나를 사범님이라고 불렀다. 그러나 나는 사범이 아니었다. 3단 이상이라야 사범이라고 부를 수 있는데 나는 아직 2단이었다.

"맥주는 제가 사겠습니다."

그가 맥주를 사겠다고 했지만, 나는 술을 좋아하는 편은 아니었다. 그러나 그의 첫 제안을 거절할 수는 없었다. 거기에다 어쩐지 늦가을 맥주는 입맛을 당길 것도 같았다.

우리는 도장에서 조금 떨어진 구멍가게에 들어갔다. 멀지 않은 곳에 외국인을 상대로 하는 술집들이 환락가를 이루고 있는 텍사스촌이었다. 그렇지만 우리는 값싸고 실용적인 가게를 이용했다. 좁은 가게이긴 했지만 그곳이 조곤조곤 이야기하기에는 더 좋은 곳이었다.

"나 조금 있으면 대위로 승진합니다."

"아, 그래요, 대위? 캡틴? 축하합니다."

손을 내밀고 축하의 악수를 청했다. 그도 손을 내밀어 서로 손을 잡고 흔들었다.

"그런데 대위가 되면 도장에 나오기가 지금보다 좀 더 어려워질지도 몰라요."

"아니, 왜요?"

"많이 바빠질 것 같아서요."

"그러면 태권도도 그만둬야 하나요?"

"모르겠어요. 꼭 블랙벨트(유단자)가 되고 싶은데-."

그는 잠시 말을 쉬었다가

"사범님은 하이얼리어 짐네이지엄(체육관)에는 자유롭게 나올 수 있지요?"

나는 처음에 그 말이 무슨 뜻인지 몰랐다.

"내가 초량 도장에 나갈 수 없게 되면 부대 안 짐에 태권도부를 만들어 블랙벨트가 될 때까지 거기서 수련을 계속하고 싶어요."

"그렇다면 나가야지요. 페커 중위 말고도 다른 수련 희망자들이 있을까요?"

"많을 겁니다. 태권도가 인기가 높아요. 배우고 싶어 하는 사람들이 많으니까 내가 찾아보면 여러 명이 나올 거예요"

나는 차라리 그게 잘 되었다는 생각이 들었다. 은연중에 내가 요즘 은근히 꿈꾸게 되었던 아메리칸 드림에 더 쉽게 다가설 수 있을 것 같아서.

그런 일이 있고 난 뒤 페커 중위는 도장에 나오지 않았다. 그가 나오지 않자 나도 도장에 나가는 일에 좀 심드렁해졌다. 그래도 그의 연락을 기대하며 수요일에는 대학에서 도장으로 직행했다. 특히 토요일은 출석은 말할 것도 없었고 평일보다도 오히려 일찍 도장에 나갔다.

예상했던 대로 얼마가 지난 뒤의 어느 토요일 이른 저녁 무렵 그는 드디어 도장에 나타났다. 대위 배지가 어깨에서 반짝거렸다. 그는 오랜만에 나와 함께 수련을 한 뒤 가방에 도복을 챙겨 넣으며 빨리 부대로 돌아가야 한다고 했다. 그러면서 2주 뒤 토요일 낮 시간에 하일리어 미군 부대 정문 앞에서 나와 만났으면 좋겠다고 했다.

"나는 한 번도 거기는 가본 일이 없는데-."

멈칫거리는 나를 보고 그는 말했다.

"그날 오후 2시 부대 정문 앞으로 오세요. 거기서 만나 내가 안내를 할 테니까요."

그는 바쁘게 자리를 떴다. 우리나라식으로 하자면 승진 축하도 해야 하고 맥주라도 한잔 함께해야 하는데 아쉽게도 그와는 그렇게 헤어졌다.

도장의 다른 수련생들은 그가 왜 그렇게 빨리 가느냐에 대해서 별 관심이 없었다. 고등학생 몇 명은 내심 미군 장교와 섞여 말이라도 한번 해보고 싶었지만 자신이 없어 보였다. 거기에다 대학생이자 유단자인 내가 그를 가르치고 있기 때문에 끼어들기도 어려웠던 것이다. 다른 한 명의 유단자는 겨우 중학교만 나온 어시장 종업원이어서 영어에는 아예 호기심마저도 없었다.

오직 죽자 살자 나와 겨루기를 하면서 나를 밀고 나가는 것이 목표였던 어시장 종업원은 내가 페커만 상대를 하자 적수가 없어져 스스로 힘이 빠지는 것 같아 보이기도 했다. 그는 전체가 차례대로 돌아가면서 겨루기를 할 때면 다른 상대를 샌드백 차듯 했다.

평소에 그는 페커 중위와 겨루기를 하게 될 때면 맹공격을 퍼부어 기량을 뽐내고 싶어 했다. 그러나 외국인이기 때문에 함부로 다룰 수가 없었다. 무리하게 공격해서는 안 된다는 관장님의 엄명이 있었기 때문이다. 그래서 그런지 내가 보기에 그는 일종의 질투 같은 것을 해소하지 못해 페커 중위와 겨루기 할 때는 늘 끙끙거리는 것 같았다.

그러나 페커 중위는 묵묵했다. 덩치가 크니까 그는 여간한 공격에도 잘 견뎠다. 유단자에 근접한 빨간 띠가 되니까 그의 실력으로도 공격 포인트가 되는 곳을 곧잘 방어했다.

겨루기는 사람을 바꿔가면서 차례로 진행되었다. 몸이 근질근질한 그와 내가 겨루기를 할 때는 언제나 예외 없이 판이 달아올랐다. 나도 그에게 밀리지 않으려고 최선을 다했고 미군만 상대하는 나를 그는 그런 기회에 실컷 공격하고 싶었기 때문이다.

부산시 태권도 협회가 주최하는 우수 유단자 선발 경기대회가 있는 날이었다.

경기장인 변두리 A대학 실내 체육관은 시합이 있어서 그런지 아침부터 북적거렸다. 체급별 우승자는 한 단 승진 특혜도 주어지는 시합이었다. 주최 측인 협회 관계자는 물론 출전 선수 격려를 위한 도장의 관계자, 가족, 친지까지 몰려들어 시합장은 시장바닥을 방불하게 했다.

경기장은 체육관의 복판. 초단은 두 곳에다, 2단은 한 곳에다 경기 코너를 설치하고 경기를 하게 했다. 3단 이상은 경기를 하다가 공격, 또는 방어의 실수가 있을 경우 치명적 부상의 위험성이 있다는 이유로 겨루기 경기는 하지 않았다. 체육관의 가장자리 한 곳에는 특별히 유급자의 코너도 만들어 그들에게도 경기의 경험을 쌓게 배려해 주었다.

우리 도장에서는 모두 여섯 명의 유단자가 출전했다. 저녁 시간 수련 유단자는 나를 포함한 2명의 2단이었고, 낮 시간 수련자는 초단 4명뿐이었다.

그때는 선수들의 안전을 위한 호구는 몸통을 가리는 것 한 가지뿐이었다. 당연히 헤드기어 같은 것은 없었던 때다. 나의 첫 시합은 10시 30분이었다. 승자 승 방식의 토너먼트다. 나는 라이트급이고 동료 유단자는 웰터급이다. 같은 2단이지만 체급에 따라 그의 첫 시합은 11시 30분이었다.

시합 시간이 됐다. 심판의 "시작", "그만"이라고 외치는 소리가 간헐적으로 여기저기서 크게 들렸다. 응원하는 고함소리, 박수하는 소리가 뒤엉겨 경기장을 흔들었다. 때로는 경기장 전체가 숨죽인 듯 조용하기도 했다.

나는 그동안에도 몇 번 화장실을 다녀오고 물도 한 모금씩 자주 마셨다. 긴장해서 그런 것 같았다. 내 차례가 가까워지자 긴장이 가슴을 더욱 조이는 것 같았다. 그러나 정작 시합 시간이 임박해지자 오히려 긴장은 풀리고 뻣뻣했던 몸도 부드러워지는 것 같았다.

드디어 내 차례가 됐다. 사범이 등 쪽으로 호구의 끈을 묶고 어깨를 주무르고 등을 두드린 뒤 말했다.

"절대 시선을 떨구지 마, 눈을 크게 뜨고 똑바로 보고 공격해야 돼. 알것제!"

청코너의 선수와 홍 코너의 선수가 소개되자 우리는 제 위치로 나갔다. 심판은 주먹을 만지며 이물질이 글로브 안에 들어있는지 확인했다. 곧이어 우리는 겨루기 자세에 들어갔다. 링이 울렸다. 주심이 "시작!"이라고 크게 외치는 소리가 내 귀를 울렸다.

시합이 시작되는 순간 그는 번개같이 나에게 앞 찔러 차기를 한 뒤 이어서 돌려차기를 했다. 보통은 공격의 기회를 노리거나 제자리에서 뛰면서 상대방을 탐색한다. 그러나 이 선수는 전광석화같이 선제공격을 했다. 나는 한 발짝 뒤로 물러서며 옆 막기와 돌려막기로 공격의 기세를 꺾었다.

확실히 순발력 있는 공격이었다. 그러나 폭발력이 전혀 없었다. 그런데도 응원석에서 박수 소리와 고함이 터져 나왔다. 상대 선수의 응원팀이 나의 기 꺾기를 시작하는 것 같았다. 그런 움직임에 기가 꺾일 정도로 약한 나는 아니었다. 내 경험이 나를 그렇게 만들었다.

그가 공격하는 순간이 나의 역공의 순간이다. 살짝 물러서 옆으로 비켜 앞을 향해 높이 뛰면서 나는 몸을 틀어 그를 옆차기로 공격했다. 발 날에 뭐가 걸리는 것 같았다. 겨드랑이 쪽 호구다. 충격이 없었는지 그도 한 발짝 물러서며 정확하게 방어를 했다. 일진일퇴다. 둘의 실력이 비슷한 것처럼 느껴졌지만 어쩐지 나는 전혀 긴장되지 않았다.

"그만!"

심판이 시합을 멈추라고 지시했다. 나는 심판을 힐끗 봤다. 경기장 가운데를 손끝으로 가리키며 거기서 경기를 다시 시작하라는 지시였다. 선 밖으로 나갔던 그는 가운데로 옮겨 다시 겨루기 자세로 들어갔다.

"시작!"

다시 2회전은 시작됐고 둘은 비슷하게 밀고 밀렸다. 유효 점수를 따낼 수 있는 공격이 없자 심판은 둘에게 공격을 계속하라고 재촉했다. 그는 몇 번 공격을 시도했다. 그러나 전혀 유효한 공격이 아니었다. 나도 공격의 틈을 비집고 그를 공격했으나 제대로 유효점수가 얻어지는 것 같지 않았다.

링이 울렸다.

"절마가 공격할 때 그 순간을 이용해서 계속 파고 들어가란 말이다. 알것나? 한 번 말고 연달아서 말이다. 중심이 이동될 때를 이용해서 말이다. 안 그라몬 니 잘하는 돌려차기나 2단 옆차기로 달아서 공격하는 것 말이다. 알것나? 절마 별것 아니다."

그렇게 계속해서 3회전이 끝났다. 상대도 정말 만만하지 않았다. 주심과 배심이 모여 득점 계산을 하고 승자 결정을 하는 것 같았다. 주심과 배심 회합은 금방 끝났다.

우리 둘은 경기장 가운데로 나가 심판에게 손목을 잡혔다. 떠들던 사람들은 순간 조용했다. 누가 이겼는지 점치기가 어려웠던 모양이다. 내 팔이 올라가지 않을 수도 있다는 생각을 하자 순간 나도 바짝 긴장이 되었다.

그때 내 팔이 번쩍 올라갔다. 우세승을 한 것이다.

"잘했다. 까딱했으믄 큰일 날 뻔했다. 절마도 잘하더라."

관장 사범도 나의 승리를 축하해 줬다. 그러면서 첫 번째 시합이 다음 시합보다 더 어려운 시합이 됐을지도 모른다고 했다. 내가 생각해도 상대는 참 집요하게 파고드는 것 같았다. 좀처럼 허점을 보이지 않아 결정타를 먹이지 못한 것이 아쉬웠지만 우세승이라도 한 것이 다행이었다.

물을 마셨다. 라카에 가서 땀이 난 도복을 걸어 놓고 좀 쉬었다. 밖에서 와, 와 소리가 들렸다. 러닝셔츠를 입고 스탠드로 나가 응원석에 자리를 잡고 앉았다.

"오, 캡틴 페커!"

나를 발견한 페커 대위가 저쪽에서 달려왔다. 일요일이라서 시합을 보러 왔다고 했다.

"시합 봤어요. 축하합니다. 그런데 시합 끝난 뒤 어디 갔었어요? 찾아도 보이지 않기에 걱정했어요. 오늘 시합 참 잘했어요. 상대방도 잘했지만 그래도 이길 줄 알았어요."

그는 나의 승리를 진심으로 기뻐했다. 우세승이 아니라 KO승이었으면 더 좋은 모습을 보일 수 있었을 텐데, 나는 그게 좀 아쉬웠

다. 그는 나의 다음 경기까지 보고 오후에 부대로 돌아갈 것이라고
했다.

"나중에 혹시 못 봐도 다음 주 토요일 만나는 것 잊지 마세요."

나의 두 번째 출전은 첫 번째보다는 훨씬 쉬웠다. 간단히 이겼다.
준결승전도 마찬가지. 결승전은 서로 밀고 당기고는 했지만 내가 승
리를 거머쥐는 데에는 문제가 없었다. 관장님의 첫 번째 시합이 결
승전이나 다름없을 것이라는 말이 맞았다.

이튿날 아침 신문에는 라이트급 우승은 나였다는 기사가 사진과
함께 나 있었다. 신문에 사진과 함께 이름이 실리기는 난생 처음이었
다. 우리 도장의 다른 출전자 모습은 신문기사에서는 보이지 않았다.

캡틴 페커와 약속한 토요일 2시, 시간에 맞춰 하이얼리어 부대 정
문 앞에 도착했다.

입구를 지키는 헌병은 드나드는 사람과 자동차를 일일이 검색했
다. 나는 길 건너 쪽에서 이 모습을 보면서 캡틴 페커가 나오기를 기
다렸다.

그는 시곗바늘이었다. 그를 먼저 본 나는 손을 흔들었다. 나를 찾
아 두리번거리던 그도 길 건너 쪽에서 내가 흔드는 손을 보고 마주
손을 흔들면서 뛰는 듯한 빠른 걸음으로 길을 건너왔다.

"지난번 시합 축하합니다. 신문 봤어요. 우승할 줄 알았어요."

우리는 부대 안 짐의 휴게실에 마주 앉았다.

"점심 먹었습니까?"

먹었다고 하자 커피를 마시자면서 생전 처음 보는 큰 커피잔 두 개를 들고 왔다.

그는 그동안 짐에서 태권도도 수련할 수 있는 시간을 얻어 내는 데 성공했다고 말했다. 책임자는 페커 대위 자신이며 수련 시간은 화요일은 오후 5시, 금요일은 오후 6시이고, 수련생도 이미 열 명 정도는 확보됐지만 앞으로 그 숫자는 더 늘어날 것이라고 했다.

지도할 사람을 짐에서는 인스트럭터라고 부르는데 그 인스트럭터는 이미 나로 결정됐다고 했다. 신문에 난 나의 우승 기사가 인스트럭터 결정에 크게 도움이 됐다고 했다. 오늘 온 김에 사진 한 장 찍고, 인스트럭터 동의서에 주소와 생년월일을 적은 뒤 사인하면 사진은 자신이 붙이겠다고 했다. 내가 받을 한 달의 지도비 액수까지 말해 주었다. 생각보다 적은 돈은 아니었다.

이 모두가 나에게는 뜻밖이었다. 지난번 이야기가 있었을 때는 되면 좋고 안 돼도 그뿐이라고 가볍게 생각했었다. 그런데 일이 이렇게 진전되었으니 오히려 부담스러웠다.

"시간이 더 많이 나왔으면 좋았을 텐데, 유도팀과 짐을 나눠 쓰기 때문에 어쩔 수 없었어요. 시간을 좀 더 내도록 노력해 볼게요."

나는 캡틴 페커 덕분에 팔자에도 없는 미군 부대 태권도 사범이 되었다. 은근히 꿈도 꿔봤던 아메리칸 드림에 한 발짝 더 가까워지는 것 같은 기분이었다.

"수련은 언제부터 시작하죠?"

"당장 다음 주부터라도 좋아요. 시간은 배정받아 됐으니까요."

"그럼 다음 주 화요일부터 당장 시작합시다. 그런데 말도 시원찮고 처음부터 혼자서는 힘드니까 캡틴 페커가 도와줘야 돼요. 내가 할 수 있는 데까지는 최선을 다하지만요."

캡틴 페커를 만난 사흘 뒤가 화요일이었다. 나는 학교 갈 때 도복을 아예 가방에 넣고 갔다. 낮 동안에는 제대로 수업이 되지 않았다. 시계를 보면서 계속 캡틴 페커가 준 임시 출입증을 만지작거렸다.

짐에는 흑인 병사 5명과 백인 장교 1명, 그리고 캡틴 페커가 도복을 입고 나를 기다리고 있었다. 내가 도착하자 그들은 케이크와 콜라, 그리고 바나나가 몇 개 얹혀 있는 테이블을 들고 도장 가운데로 들어왔다. 이른바 오픈 세레머니다. 간단한 소개 겸 상호 인사가 있고 난 뒤 나는 그 귀한 바나나를 한 개 먹고 콜라를 마셨다. 소박한 축하 행사를 박수로써 끝내고 곧 운동을 시작했다.

"먼저 품세를 시범으로 한번 보여주면 좋겠는데요."

그렇다. 캡틴 페커의 말이 옳다. 나는 즉시 캡틴 페커에게 품세 '평안 5단'을 함께 하자고 했다. 유급자의 품세 가운데 가장 화려하게 보이며 여러 가지 체형을 모두 동원하는 품세다. 거기에다 익힌 지 얼마 되지는 않았지만 캡틴 페커가 확실히 잘할 수 있는 품세이기도 했다.

짐 중간에 나란히 선 나는 초량 도장에서와 꼭 같이 차렷, 경례, 품세 준비의 구호를 아랫배에 힘을 가득 넣고 외쳤다. 그리고 "시작!"을 날카롭게 외치며 시범 동작을 진행했다. 캡틴 페커도 초량 도장에서보다 더 힘 있게 나와 보조를 맞춰 동작을 잘했다.

수련 초년생들은 눈이 휘둥그레졌다. 자신들은 그렇게 일사불란하게 두 사람이 하나가 되어 동작을 할 수 있을 것 같지 않았던 모양이다.

"처음에는 나도 지금의 여러분과 꼭 같았어요. 그러나 일 년만 지나면 여러분은 지금의 나보다 더 잘할 수 있어요. 나는 시작한 지 이제 겨우 열 달을 좀 넘겼거든요. 무조건 하세요. 우리의 인스트럭터는 부산의 선수권 대회에서도 우승한 아주 뛰어난 분이에요."

캡틴 페커는 자신의 경험을 섞어 처음 나온 수련자들에게 용기를 준다고 한참 떠들었다. 그리고 당장에 기본자세부터 가르치기 시작했다. 역시 캡틴 페커는 군인답게 결심과 계획과 실천이 일관성 있고 빨랐다.

그러나 여기서도 다른 곳이나 마찬가지로 초년생들은 모두 어설프기는 마찬가지였다. 다른 운동과는 쓰는 근육이 다르고 공격과 방어자세 역시 권투와는 전혀 일치하지 않았기 때문이었다. 그러나 캡틴 페커는 그들을 잘 다독이며 재미있게 수련을 진행해 나갔다.

기마자세와 앞지르기를 설명하고 연습하다 보니까 시간이 거의 다 되었다. 수련생들에게는 오늘 배운 말을 탄 자세로 하는 연습이 몸에 익숙해지도록 거울을 보며 스스로 연습을 하라고 했다. 그리고 캡틴 페커에게는 약속 겨루기와 가벼운 자유 겨루기로 몸을 풀고 오늘 수련을 끝내자고 했다.

수련생들은 스스로 자세 바로잡기 연습을 하다 말고 캡틴 페커와 내가 하는 가벼운 연습장면에 감탄해서 벌린 입을 닫지 못한 채 보고만 있었다. 첫날의 연습은 어떻든 이렇게 무사히 끝났다.

샤워장을 안내해 줬다. 물이 위에서만 쏟아졌지 목욕을 할 수 있는 탕이 없었다. 샤워는 집에 가서 하겠다면서 축축한 도복을 가방에 챙겨 넣고 부대 정문을 빠져나와 버스 정류장으로 향하는 나는 은근히 기분이 좋았다. 그러면서 불안하기도 했다.

돈 한 푼 들이지 않고 오리지널 영어회화를 배울 수 있고, 거기에다 지도비까지 받을 수 있게 된 것은 분명 대단한 행운이었다. 그러나 키가 나보다 훨씬 크고 팔이 나의 다리처럼 굵은 시커먼 사람들을 과연 잘 가르칠 수 있을까는 불안한 과제가 아닐 수 없었다.

다음 날에는 흑인 사병 세 명이 새로 더 왔다. 캡틴 페커는 자기 수련보다 신입 회원들에게 기본자세를 가르친다고 바빴다. 시간이 끝날 무렵 틈을 내어 나와 함께 하는 약속 겨루기와 자유 겨루기가 그에게는 자신을 위한 수련의 전부였다.

"이 기간이 지나면 승단 심사 준비도 합시다. 겨루기는 나와 같이 오늘처럼 하면 될 테니까요."

기본자세를 몸에 붙이는 것은 역시 사병보다 새로 나온 장교가 빨랐다. 몸이 유연하고 요령이 있었기 때문이다. 며칠 뒤부터는 그는 사병들과 함께 기본 동작을 연습하고 주먹 뻗쳐 찌르기, 앞발 차기, 돌려 차기, 상단방어, 하단방어 등을 빠르게 익히며 체형을 다듬어 가고 있었다.

승단 심사 날이 발표되었다. 캡틴 페커는 승단 심사 준비를 시작했다. 마지막 준비는 매주 토요일 초량 도장까지 와서 했다. 얼마나 열심인지 걱정되는 것은 하나도 없었다. 사범도 이 정도면 별로 가르칠 것이 없다고 했다.

승단 심사가 끝나는 날 그는 나에게 뜻밖의 소식을 전했다.

"다음 달 4일 미국으로 돌아가게 됐어요."

"아, 귀국하게 되어서 좋겠네요. 잘 됐습니다. 축하해요."

말은 그렇게 했지만 나는 매우 섭섭하다는 생각이 들었다.

"축하받을 일이 아닌 것 같아요."

그가 발령을 받아 가는 곳은 고향과는 뚝 떨어진 미국 중남부 미시시피강 하류 루이지애나주 세인트 태머니 패러시라는 곳이라고 했다. 거기 가서는 열대, 혹은 아열대 군사교육을 받고 난 뒤 중동이나 인도차이나 등 분쟁지역으로 배치될 가능성이 크다고 했다.

전쟁 재발의 위험이 없는 한국에서 병력의 일부를 그쪽으로 이동시키는 계획에 따른 것 같다고 했다.

나는 별로 할 말이 없었다. 그를 통해 영어를 잘 익히면 나도 미국에 유학이라도 갈 수 있을지 모르겠다는 꿈을 꾸기도 했다. 그러나 그의 말을 듣는 순간 그 꿈이 허황한 꿈이 되어버린 것이 아닌가 싶었다.

영어도 제대로 안 되는 가난한 나라의 대학생, 우선 미국 입국을 위해서는 미국인의 초청장이 있어야 했다. 국민소득 겨우 100달러를 좀 넘긴 나라의 가난한 학생이기 때문에 미국에서 굶어 죽지는 않아야 되었다. 그러기 위해서는 미국에 재정보증인도 있어야 했다. 그런 일들을 캡틴 페커가 해 줄 수 있었으면 하고 나는 은근히 기대를 하고 있던 터였다.

"단증이 나오는 데는 오래 걸리지 않겠죠?"

"늦어도 한 달 안으로는 나올 거예요."

역시 내가 생각하는 것과 그가 생각하는 것은 달랐다. 그는 오직 단증에만 관심이 있는 것이 아닌가 싶었다.

"혹시 늦게 나오면 우편으로 좀 보내 주실 수 있겠죠? 미국 주소는 떠나기 전에 가르쳐 드릴게요."

"그럼요. 보내 드리고말고요. 그런데 단증은 아마도 떠나기 전에 나올 거예요."

그런 일이 있고 난 뒤 캡틴 페커는 짐에도 나오지 않고 소식이 감 감했다. 출발을 준비한다고 바빠서 그런가 보다 생각했다.

예상대로 한 달쯤 뒤 캡틴 페커의 유단자증이 초량 도장으로 왔다. 나는 그것을 들고 하이얼리어 부대 짐으로 갔다. 그러나 그날도 역시 캡틴 페커는 보이지 않았다. 그는 이미 며칠 전 서둘러 미국으로 떠났다는 것이다.

그 뒤의 짐은 어쩐지 휑뎅그렁한 곳이 되고 말았다. 수련생의 수는 늘었지만 가르칠 때 곁에서 거들어주던 캡틴 페커가 없어 더욱 그랬다.

마침내 그의 편지가 짐으로 왔다. 급하게 온다고 인사를 못했다는 점, 도착하자 더위 속에서 강도 높은 훈련을 받는다고 몹시 바빴다는 점, 언젠가 내가 있는 한국으로 다시 가고 싶다는 점 등을 적은 다음, 끝에는 봉투에 적혀 있는 주소를 그대로 한 번 더 적어 놓았다. 그리고 경우에 따라서 주소가 바뀔지 모른다면서 그때 다시 연락하겠다고 했다.

그렇게 해서 봄도 다 끝나갈 무렵 캡틴 페커로부터 세 번째 편지가 왔다. 두 번째 편지는 보내 준 단중을 잘 받았다는 간단한 것이었다. 그러나 세 번째 편지는 좀 복잡했다.

그는 훈련이 끝나는 대로 베트남으로 떠난다고 했다. 그리고 전쟁터로 가기 때문에 언제 다시 다음 편지를 보낼 수 있을지 아직은 모르겠다고 하면서 기회가 나면 다시 연락하겠다고 했다.

그가 떠난 얼마 뒤에 알게 된 일이지만 '북베트남 어뢰정 3척이 8월 2일 미국 함정을 공격했기 때문에 일어난 전쟁이어서 오래 가지는 않을 것 같다'고 했다. 캡틴 페커가 베트남에서 보낸 편지도 전쟁에서 승리하고 다시 한국에 가기를 희망한다고 적어놓고 있었다.

나는 갑자기 머엉해지는 기분이었다.

1964년 8월에 베트남 동해상에서 훈련 중이던 미군 함정이 갑자기 북베트남 어뢰정의 공격을 받았다는 것이다. 그것도 그렇거니와 캡틴 페커는 그보다 훨씬 앞서 미국의 남부 저습 지대에서 열대지역 군사훈련을 받게 되었다는 것도 뭔가 이상하다는 생각이 들었다. 사전에 전쟁에 대비해서 그랬거나 아니면 전쟁이 언제쯤 일어날 것을 알고 그런 대비를 했던 것이 아닌가 싶었다.

그러나 그 일들은 내가 깊이 알아야 할 이유가 없는 일들이었다. 어떻든 인도차이나반도, 베트남에서 일어난 그 전쟁에서 그가 무사했으면 좋겠다는 생각과 그의 희망대로 전쟁이 끝나면 다시 한국에

왔으면 좋겠다는 생각뿐이었다.

그가 바랐던 대로 이제 그는 한국 태권도의 검은 띠가 되었다. 다시 짐으로 돌아와 나와 함께 "얏!" 소리를 날카롭게 외치면서 후배들을 가르칠 수 있는 기회가 온다면 얼마나 좋겠는가. 그 기회가 바로 내가 다시 그로부터 영어회화를 배울 수 있는 기회이기도 하니까.

그러나 그런 기회는 다시 오지 않았다. 그를 통해서 혹시나 나도 미국에 유학할 수 있는 길이 열리지나 않을까 하던 꿈은 영영 헛꿈이 되고 말았다. 월남전이 끝나도 그로부터의 소식은 까맣기만 했다. 어떻게 된 일인지 아직껏 나는 그 연유를 모르고 있다.

이제 나는 산수의 나이를 헤아리게 되었다. 그렇건만 캡틴 페커는 유단자증을 잘 받았다는 것, 그리고 베트남 전쟁에 참전한다는 소식을 보낸 뒤로 아직까지 단 한 번의 연락도 없었다.

새가 되어   —

가위눌림에 소스라쳐 눈을 떴다. 온 전신이 축축하다. 땀투성이다.

부산으로 온 뒤 벌써 한 달이 지났다. 그런데도 거의 매일 밤잠을 제대로 이룰 수가 없다. 사람들의 무뚝뚝한 표정, 거칠게 느껴지는 경상도 억양까지 바늘이 되어 사람을 쓰리게 찌른다.

익숙하지 않아서 그렇겠거니, 처음에는 애써 그렇게만 생각했다. 곧 나아질 것으로 짐작하고 견뎠지만 열흘이 가고 한 달이 가도 마찬가지였다. 견디지 못하는 자신이 원망스러웠지만 스스로도 마음을 다잡을 수 없었다.

잠자리는 왜 그렇게도 뒤숭숭한지, 거기에다 날마다 되풀이되는 꿈속의 가위눌림, 사력을 다해 떨쳐내는 몸부림. 일까지 익숙하지 않아 하루하루가 밤낮없이 지옥이었다. 자꾸만 수척해지는 자신이 스스로에게도 느껴졌다.

모든 것 다 뿌리치고 정순이는 불현듯 고향 집으로 되돌아가고 싶었다.

마을 앞 맑은 개울을 보면서 자란 그녀에게 시커멓게 떠밀리며 흘러가는 이 도시의 시궁창은 보기만 해도 역겨웠다. 코를 찌르는 퀴퀴한 냄새는 구역질을 자극했고, 밤낮없는 자동차 매연은 가슴을 답답하게 했다. 그것보다도 더 견디기 어려운 것은 툭툭 내던지는 사내들의 음탕한 말 수작이었다.

등져야 할 팔자였기에 그녀는 고향을 등졌다. 그래도 살아보려고 끝내는 여기까지 흘러왔다. 어쩔 수 없는 노릇이지만 식당에서 일하기란 그녀에겐 시궁창에서 멱감기 같았다. 아무리 몸부림쳐도 벗어날 수 없이 날마다 되풀이되는 거대한 바위의 짓눌림. 그리고 천지가 땟국에 저려 있는 것 같은 도시는 정순이가 살기에는 도무지 어울리지 않았다.

생각하면 머리가 지끈거리고 자신을 힘들게 했던 고향, 그러나 막상 등지고 나니까 그렇게 그리울 수가 없었다. 되돌아가고 싶은 생각과 몸서리쳐지는 기억이 하나로 뒤엉긴 고향, 자신도 알 수 없는 그런 고향에 대한 이중성 때문에 그녀는 밤을 하얗게 지새우고는 했다.

이 낯선 곳 도시생활이 자신을 누추하게 만든다는 생각을 하면 할수록 나날이 외로웠고 고향 생각은 더욱 간절했다.

산과 산이 마주 보고 우뚝 솟아 있었다. 그 산과 산 사이에다 간 짓대를 걸면 빨래라도 말릴 것 같았던 산골이 그녀의 고향이었다.

산간 계곡으로 돌돌 거리며 흘러내리는 맑은 물소리, 그러나 비 온 뒤에는 바위를 덮치며 무섭게 소리치고 쏟아져 내리는 살 센 흐름. 산자락 언덕에 여남은 채의 키 낮은 집이 모여 동네를 이루고 있는 오순도순한 마을 속에는 정순이네 집도 함께 엎디어 있었다.

외동딸인 정순이에게는 옆집 봉남이가 유일한 친구, 자매 같은 사이였다. 봉남이와 함께 길가 작은 구멍가게 앞을 지나 동네 입구에 있는 초등학교에 다니는 것이 그녀의 일과였다.

아버지는 약초를 캐기 위해 진 날 갠 날 없이 언제나 윗동네로 올라가 뒷산을 뒤졌다. 엄마는 산비탈을 일궈 만든 남새밭에서 낮 시간을 보냈다. 그래도 투명한 하늘 아래서 새소리 물소리와 함께 자라는 정순이의 나날은 건강했다.

이제 겨우 열 살밖에 안됐다. 그렇지만 십 리가 넘는 산길을 돌아 학교를 오갔다. 밝은 나날 속에서 맑은 공기에 몸과 마음을 헹궈 튼튼하고 성숙해 보이기는 열두어 살도 넘게 보일 정도였다. 비록 집 안은 넉넉하지 못했지만 그녀는 자신이 가난한 집에서 살고 있다는 생각은 한 번도 해본 일이 없었다.

정순이는 학교 성적이 뛰어난 편은 아니었다. 그러나 성실했다. 일요일에는 숙제를 해야 하기 때문에 그날도 학교에서 돌아오기가 바쁘게 동네 구멍가게로 달려갔다.

"아저씨 공책 한 권 주세요."

마을에서 유일한 가게. 아저씨는 공책이 있는 구석으로 들어가며 정순이에게 와서 어떤 공책이 좋은지 보라고 했다. 기웃거리며 그녀도 안으로 따라 들어갔다. 공책들이 먼지를 뽀얗게 뒤집어쓰고 쌓여 있었다. 그 가운데 몇 권을 집어 든 아저씨는 먼지를 툭툭 털었다. 마른 수건으로 공책을 닦으면서 좀 더 안쪽으로 들어가는 것이었다.

"어떤 게 좋으냐? 봉남이도 아까 방 안에 있는 저 공책을 사갔는데…."

봉남이가 먼저 왔다 갔구나. 방 안에 있는 어떤 걸 사 갔는지 보고 싶어 정순이는 아저씨를 따라 안 쪽으로 더 들어갔다. 순간 아저씨는 힐끔 길 쪽을 봤다. 그리곤 정순이의 팔목을 꽉 잡았다. 깜짝 놀라 잡힌 팔목을 뿌리쳤으나 얼마나 억센지 안으로 끌려 들어가지 않을 수가 없었다.

"놔 주세요-."

뿌리치며 큰소리로 외쳤으나 소용이 없었다. 숨이 막힐 듯 더 큰 소리를 쳐봤으나 소리는 입 밖으로 터져 나오지 않았다. 아저씨는 이내 뒤에서 끌어안으며 멍석 같은 다른 한 손으로 정순이의 입을 막았다. 또래 가운데서는 비교적 힘이 센 정순이었지만 겨우 열 살로는 버둥거려도 억센 아저씨에게는 아무 소용이 없었다.

이내 치마가 위로 올려지고 속옷이 사정없이 아래로 벗겨졌다. 바위가 전신을 덮쳤다. 버둥거려도 짓눌려 으깨어지는 것 같은 전신이었다. 속수무책의 일순이었다.

"들키면 니만 손해다. 소리치지 마-."

씩씩거리는 소리가 귓가에서 멀어져 갔다. 그리고 정신이 아득해졌다.

간신히 정신이 들자 공책이고 뭐고 다 팽개쳤다. 속옷을 추스려 입은 정순이는 엉금엉금 기어 나와서 가게에서 도망쳐 집으로 달려왔다.

집 안으로 들어오자마자 방바닥에 쓰러져버렸다. 어디라 할 것도 없이 온 전신은 욱신거렸고 사시나무처럼 떨리기만 했다. 하오의 햇볕만 봉창 사이를 비집고 텅 빈 집 안방으로 들어와 만신창이가 된 그녀를 어루만지며 위로해 주고 나갔다. 쓰러진 채 그녀는 다시 정신이 몽롱해 옴을 느꼈다.

얼만가 지난 뒤 마당에서 부스럭거리는 소리가 들렸다. 소스라치게 놀랐다. 온 전신이 움츠러들어 뻣뻣해지는 것이었다. 헐떡거리며 차오르는 숨을 누르고 사시나무처럼 떨리는 두 손으로 방문 고리를 움켜잡은 채 밖을 살폈다. 엄마가 밭일에서 거둔 것들을 가지고 내려온 것이다. 산그늘은 산의 중허리에서 마을로 내려오고 있었다.

엄마는 정순이의 신발만 확인하고 마당에다 뭔가를 널면서 계속 부스럭거렸다. 밭에서 거둬 온 것을 바쁘게 잔손질하는 것 같았다. 그리고는 다시 바깥은 조용했다. 다른 일을 마저 끝내기 위해 바쁘게 밖으로 나가버린 것이다.

안도의 숨을 쉬었다. 엄마가 방에 들어와 말을 걸어도 야단이었다. 숨을 죽인 채 전전긍긍하던 정순이는 엄마의 인기척이 사라지자 부지불식간에 끙끙거리는 소리가 입안에서 또 흘러나왔다.

정순이는 문고리를 잡고 일어서려고 했다. 아랫도리가 끈적거리며 쑤시고 아팠다. 일어나려고 해도 쉽게 일어날 수가 없었다. 팔다리랑 온몸이 계속 쑤시고 당겼다. 다시 웅크리고 있다가 이내 자리에 눕고 말았다. 엄마에게 조금 전에 있었던 모든 일을 모두 말해야 되겠다는 생각이 들었다.

"들키면 니만 손해다. 소리치지 마ㅡ."

순간 씩씩거리며 말하던 그 야수의 목소리가 뇌리를 스쳤다.

아무리 어렸지만 여자가 정조를 뺏겨서는 안 된다는 것쯤은 정순이도 알고 있었다. 그런 소문만 나도 큰일 난다는 것까지도 알고 있었다. 특히 이런 산골에서는 누구도 상상조차 할 수 없는 일이었기에 생각만 해도 전율이 전신을 후려쳤다. 천지가 으깨지는 것 같은 그런 일이 하필 자신에게서 일어나다니. 몸서리쳤지만 어디에서도, 누구에게도 그 억울함을 말할 수는 없었다.

가부장제 사회. 아버지의 위엄, 아버지의 권위는 모든 판단의 기준이었다. 그런 기준점에 버티고 선 아버지가 이런 일을 알게 되면 집안은 통째로 뒤집힐 것이다. 뿐만 아니라 칼부림이 나거나 무슨 난리가 나도 틀림없이 일어날 것이라는 예감이 어린 그녀를 무섭게 했다.

생각만 해도 쇠사슬이 그녀의 전신을 옥죄었다. 정순으로서는 이 무섭고 겁나는 쇠사슬을 스스로의 힘으로는 도저히 끊어낼 수가 없었다. 치명적인 공포는 마침내 사람의 얼굴을 쓴 악마를 향한 저주와 원망으로 변했다. 그러나 정순이에게는 복수의 방법은 없었다. 생각하면 할수록 자신이 감당하기에는 너무나 벅차고 전신이 떨리기만 했다.

누구에게도 말할 수 없다는 사실, 결국 부모에게도 비밀로 할 수밖에 없었다. 입을 닫아야 하는 이 일은 혼자서 감당하기에는 너무나 벅찬 무게로 그녀의 정신을 짓눌렀다.

혹시나 집 밖에 나갔다가 그 짐승을 만나면 어쩌나, 동네 사람들이 행여 눈치를 채지나 않을까, 그런 생각을 할 때면 문밖으로 나서는 일도, 또 학교에서 집으로 돌아오는 일도 그녀에게는 가시밭길이었다. 사람들의 눈을 피해야만 하는 연약한 그녀에게는 문밖에 나가는 일이 저승길로 가는 것 같았다.

그렇게 친했던 봉남이마저도 그날 이후로는 눈을 마주치기가 싫었다. 봉남이 역시 정순이에게 아무 말도 걸어오지 않았다. 말을 걸어오지 않는 정도가 아니라 비실비실 피하는 것만 같았다. 정순이의 얼굴이 어두워서 그 때문일까. 정순이를 보는 봉남이의 얼굴도 어쩐지 어둡기는 매한가지라는 생각이 들었다.

정순이에게는 온 마을이, 살고 있는 집까지도 지옥처럼만 느껴졌다. 그런 지옥에서 떠나고 싶어졌다. 그러나 올 데 갈 데 없는 어린 소녀로서 그녀가 갈 수 있는 곳은 아무 데도 없었다. 갈 곳이 없다고 생각하면 할수록 그녀가 태어나고 자란 산골은 더욱 지옥이었다.

그날 이후 그 일을 생각만 해도 아랫도리가 이상했고 배가 아파왔다. 식욕이 뚝 떨어졌다. 엄마의 부엌일도 돕기 싫었고 마당을 쓸기조차 도무지 귀찮았다. 아무리 생각해도 전신은 물론 마음속까지 온통 할퀸 손톱자국 천지 같았다. 겉몸만 아니다. 머릿속까지 깊은 상처자국으로 홈이 파여져 있는 것이 분명했다.

밝았던 표정은 지워지고 말수마저 검은색으로 줄어들었다. 머엉하게 혼자 앉아 곧장 바깥 산을 바라보고만 있기가 예사였다. 그러는 사이 그 통실하던 몸매도 머쓱하게 가늘어졌다. 때로는 얼굴에 수심의 그림자가 덮이곤 했다.

정순이의 생활은 그렇게 이어졌다. 그러나 딸의 이런 변화를 부모는 속속들이 챙기려 들지 않았다. 먹고사는 일이 바빠서도 그랬겠지만 막연히 그냥 사춘기로 바뀌어가는 성장통쯤으로 생각하고 그랬는지도 모른다.

다니는 둥 마는 둥 초등학교 6년은 그렇게 끝났다.

상급학교 진학은 애당초 부모들도 생각하지 않았고 본인도 꿈꾸지 않았다. 학교에 갈 일이 없어진 뒤에는 이따금 엄마 따라 밭에 가서 엄마가 하는 일을 돕는 것이 고작이었다. 그렇지 않으면 종일 집이나 지키는 일이 전부였다. 그녀는 하릴없이 그렇게 집안에서 맴돌며 세월을 보냈다.

집에 있을 때는 언제나 집안을 쓸고 닦고, 또 쓸고 닦고, 깨끗하기만 한 마당도 몇 번이고 쓸고 또 쓸었다. 축담에는 여느 집처럼 풀이 뿌리내릴 틈을 주지 않았다. 그런 일마저도 없을 때는 얼굴을 씻고 또 씻는 것이 일이었다. 마당 구석구석 어디에서도 잡초라고는 구경을 할 수 없게 풀을 맸다. 거의 병적으로 주위를 씻고 닦았다.

그해에는 벌꿀이 풍년이었다. 약초도 무성했다. 그다음 해에도 그랬다. 그렇게 해서 소득이 넉넉해지자 집안 형편도 조금 나아졌다. 정순이의 아버지는 지금 살던 집을 내어놨다. 정순이는 살던 집을 떠난다는 것이 마냥 좋았다. 엄마는 정든 집이라고 했지만 정순이는 한시라도 빨리 이 집을 떠나고 싶었다.

아버지는 정순이의 그런 마음을 알기라도 하듯 집이 팔리기도 전에 산에 오르내리기 쉬운 윗마을로 이사부터 했다. 먼 곳으로 가는 이사가 아니어서 아쉬웠지만 지금 사는 집을 떠난다는 것이 무턱대고 좋았다. 윗동네는 더 한적했지만 정순이는 이사한 새집이 전보다 크지 않고 더 작아도 훨씬 편할 것 같았다.

그렇다고 마음까지 편해진 것은 아니었다. 이사를 했다고 지난 사건이 깡그리 머리에서 지워지는 것이 아니었기 때문이다. 그렇지만, 그 지긋지긋한 마을을 벗어났다는 것, 보기만 해도 머리카락이 쭈뼛해지는 그 가게를 멀리서라도 보지 않게 된 것만으로도 마음이 홀가분해졌던 것이다. 이제 문밖에 나가도 불안이 덜했고, 이유 없이 초조하며 안절부절못했던 것도 확실히 전보다는 덜했다. 그러나 그녀의 말수가 줄어든 것에는 변화가 없었다.

아버지는 정순이가 너무 말수가 없는 것이 걱정이긴 했다. 그렇지만 아랫동네고 어디고 할 것 없이 밖으로 싸돌아다니지 않고 집안일을 착실히 돕는 것이 대견스럽기만 했다.

그런 정순이가 그럭저럭 열여덟 살이 되었다.

얌전하게 잘 자란 정순이에게 그해 가을 저 아래 큰 동네에서 중매가 들어왔다. 신랑감은 그냥 논마지기나 있는 집에서 농사짓는 착한 총각이었다. 별달리 배운 것은 없지만, 정순이도 마찬가지여서 서로 배필이 될 것도 같았다. 시집을 가야 할 나이가 다 된 딸이기에 아버지는 그런 배필이 나타났을 때 어서 시집을 보내는 것이 상책이라고 생각했다.

아버지의 결심에 엄마도 동의했다. 아버지는 큰 동네에 내려가는 김에 서둘러 총각을 먼저 보았다. 괜찮은 모양이었다. 그래도 정순이는 시집갈 생각이 없다고 했다.

정순이는 남자를 본다는 것 자체가 싫었다. 그러나 끝까지 버틸 수 없었다. 얼마 뒤 손 없는 날을 받아 잡아끄는 엄마를 따라 큰 동네로 내려갔다. 올라오는 길에 엄마는 이런저런 말을 했다. 그러면서 딸의 반응을 살폈다. 정순이는 엄마 말에 별다른 반응을 보이지 않았다.

평소 말이 없는 딸이기에 엄마는 딸의 태도를 유심히 살피지도 않았고 무반응에 크게 관심을 가지지도 않았다. 선을 본 그 총각이라면 딸을 맡겨도 좋을 것 같다는 생각만 했다.

총각이 어떻냐는 엄마의 물음에 정순이는 묵묵부답이었다. 시집을 가라는 말에도 묵묵부답이었다. 가고 싶은 것도, 그렇다고 죽도록 가기 싫은 것도 아니었다. 나이가 찼으니 가라면 싫어도 어쩔 수 없다는 정도였다. 정순이에게는 시집을 가면 오랜 침묵의 상처가 낫지나 않을까 하는 무의식적 기대도 없지는 않았다.

그런 일이 있고 난 얼마 뒤 결혼식은 단출하게 치러졌다. 뻔히 아는 사정에 따로 식이라고 별스럽게 할 것도 없었다. 집에서 입던 옷가지를 챙겨 시집으로 옮기는 게 정순이의 신접살이 시작의 전부였다. 신방은 신랑집 아래채에다 꾸렸다.

시집으로 가는 날도 정순이의 표정은 덤덤했다. 그녀에게는 신혼살림에 대한 부푼 기대도 또 어떻게 살아야겠다는 설계나, 심지어

약식결혼에 대한 불만도 없었다. 그냥 시집을 가야 한다니까 가는 것뿐이었다.

그러나 해가 이울면 남자가 밖에서 일을 끝내고 집으로 돌아오는 것이 불안했다. 밤이면 마음을 단단히 먹어도 남자와 둘이서 한 방을 쓴다는 것이 불편했다. 특히나 남자의 살갗이 닿는 게 싫었다. 마음을 다잡고 잠자리를 같이하려면 어릴 때의 경험과 고통이 정순이를 무섭게 덮쳐왔다. 그런 때면 온 전신이 굳어지면서 움츠러드는 것을 자신도 어쩔 수 없었다.

의식적으로 되는 일이 아니었다. 남자가 싫은 것은 자신도 어쩔 수 없었다. 신랑 곁으로 가기 싫은 중병을 누가 고칠 것인가.

신혼으로서는 생각하기도 어려운 거부감이었다. 막상 잠자리에서 작심하고 신랑의 요구를 받아들일 때도 그녀는 이를 악물어야만 했다. 전신을 덮쳐오는 악몽 같은 기억이 온몸을 오그라들게 했고 거의 발광상태에 이르게 했다. 그럴 때는 대부분이 신랑과 가겟집 아저씨가 겹쳐져서 그녀를 덮쳐오기 때문이었다.

가장 달콤해야 할 신혼의 밤들을 이렇게 공포와 불안에 버무려진 땀투성이가 되어 망쳐버리다니, 정순이는 날이 새면 이래서는 안 된다고 후회하면서 마음을 고쳐먹었다. 그러나 밤이 되면 원래 모습으로 되돌아갔다. 스스로도 딱한 노릇이었다.

시골뜨기 신랑도 처음에는 숫처녀란 원래 그런 줄 알았다. 경험 없는 여자니까 부끄럽기도 하고 힘들어서 그러려니 여겼다. 그러나 어느 밤 할 것 없이 같은 반응이 계속되자 신랑도 신부와 함께 하는 밤이 차츰 마뜩하지 않았다. 마침내 여자에 대한 불만은 집안의 다른 일에서부터 터져 나오기 시작했다. 결혼 한 달을 채 넘기기 전부터 이런 일이 생긴다는 것은 심상찮은 조짐이 아닐 수 없었다.

신랑은 신부 곁에 가려는 적극성이 차츰 여려졌다. 밤이 되면 제대로 마시지도 못하는 술을 한 잔씩 했다. 아니면 밖에서 제 할 일이 끝나는 대로 방으로 들어오긴 했다. 그러나 아예 혼자 돌아누워 먼저 잠드는 일이 잦아졌다. 깨가 쏟아져야 할 신혼생활이 이렇게 냉랭해지기 시작한 것이다.

혈기 넘치는 젊은 신랑으로서는 신부를 곁에 두고 돌아누워 혼자 자는 일이 쉽지는 않았다. 그런 마뜩하지 않은 마음이 신부에게 마냥 관대할 수는 없었다. 그러면서 그들의 신혼생활은 껄끄러워졌고 한 발자국씩 파국의 어두운 그림자에 덮이고 있었다.

정순이의 신접살이는 그렇게 해서 끝내 마침표가 찍히고 말았다. 보따리 하나에 함께 싸여 갔던 그녀의 불안과 초조, 외로움 나부랭이도 그녀와 함께 되돌아오게 되었다. 엄마는 눈물을 훔치며 왜 그랬냐고 묻고 또 캐물었다. 정순이는 대답할 아무 말도 없었고 대답하기도 싫었다.

아버지는 그날 늦게까지 혼자서 한숨과 함께 소주만 홀짝거렸다. 그러다가 시간이 지나면서 코 고는 소리를 냈다. 잠속에다 세상사를 묻어버렸던 것이다. .

정순이가 친정으로 돌아온 이튿날, 아침부터 집안은 냉랭한 바람이 불었다. 어른들은 일이 손에 잡히지 않는 모양이었다. 그러나 애써 정순이는 아무렇지도 않은 표정을 지었다. 오히려 불안은 가셔지고 기분은 평상심으로 돌아오는 것 같았다.

며칠이 지났다. 정순이가 소박맞고 친정으로 되돌아왔다는 소문은 온 마을에 쫙 돌았다. 워낙 작은 마을이니까 소문이 덮일 수는 없었다. 그렇지만 정순이는 그런 소문이 부담스럽지도 않았다. 다 알게 된들 자신과는 관계없는 일처럼 느껴졌다.

그러나 마을을 돌던 정순이의 그런 소문도 잠시, 모두들 제 살기에 바쁘고 피곤한 사람들이어서 남의 일에 이러쿵저러쿵 계속 입방아만 찧고 다니지는 않았다.

정순이가 시집가기 전의 일상으로 되돌아오는 데는 그렇게 긴 시간이 걸릴 것도 없었다. 가게가 있는 아랫마을로 내려갈 일도, 신랑이 옆에서 치근덕거리는 일도 없어서 그녀의 나날은 오히려 잔잔했다. 희로애락의 표현 없이 오직 집안에서 제 할 일만 하는 그녀를 주위 사람들도 아무 일도 없었다는 듯 차츰 평소처럼 대했다.

그러구러 몇 년이 흘렀다. 앳된 새아씨의 모습을 지운 그녀는 말수는 없었지만 착실한 살림꾼의 든든한 모습으로 변해 갔다. 그러나 정순이에게는 가게 아저씨에 대한 저주와 원한, 그 고통은 아무리 지우려고 해도 가슴에서 지워지지 않았다. 기억에 깊은 문신이 새겨져버린 것이다.

멍청이처럼 살아가는 자신을 되돌아볼 때면 밀물처럼 내부로 밀려오는 분노와 슬픔을 감당할 수가 없었다. 여기에 괜한 짜증이라도 덮치면 갈피를 잡을 수 없는 생각이 머리를 어지럽혔다. 그리고 뭔가 이유 없이 불안했다.

사는 게 아무런 의미가 없어졌다. 집 밖으로 나가는 것, 누구를 만나는 것은 도무지 귀찮았다. 하루 종일 그냥 집에 혼자 있는 것이 가장 편했다.

봉남이가 아들을 낳았다는 소식에도 그녀는 마냥 덤덤했다. 만나고 싶다거나, 축하하고 싶은 생각도 들지 않았다. 그것은 자신과는 아무 상관 없는 그녀의 삶일 뿐이기 때문이었다. 아랫마을까지 합쳐 몇 안 되는 또래가 모두 시집가고 없다는 소식에도, 금실 좋은 부부에다 누가 아들딸의 엄마가 되었다는 소식에도, 또 누구의 신랑이 누구라는 화제에도 그녀는 그저 무심할 뿐이었다.

쉬지 않고 그녀를 꽁꽁 묶어 결코 풀어주지 않는 기억, 그 기억은 주변 상황이 어떻게 변해도 변하지 않았다. 벗겨졌던 속옷을 움켜잡고 헐떡이며 도망쳐 나오던 창백한 기억, 그것은 때로는 네거티브 필름처럼, 또 때로는 포지티브 필름처럼 마냥 생생하게 그녀의 기억 속에서 되살아날 뿐이었다.

생활에 어떤 변화가 없으면 미칠 것 같았다.

그런 긴 시간이 지나자 동네 사람들의 입을 통해 띄엄띄엄 그녀의 재혼에 대한 이야기가 나왔다. 딸린 아이가 있는 것도 아니고, 얌전하기만 한 여자. 가진 게 없어 흠일 뿐 마음만 먹으면 독신녀인 그녀에게 재혼에 걸림돌은 없다고들 생각했다.

그러나 그런 이야기가 나올 때마다 정순이는 손사래였다. 자신의 흠이 요새 세상에서 문제가 있고 없고 때문이 아니었다. 남자와 한

198

집에서 산다는 것 자체가 싫었던 것이다. 남자를 대하면 문득 짐승 같은 가겟집 아저씨가 연상되어 견딜 수가 없었던 것이다. 그냥 지금처럼 사는 것이 편하고, 새삼스럽게 아픈 곳을 들쑤실 것 같은 재혼 같은 것은 어떻든 싫었다.

그렇지만 부모의 생각은 달랐다. 저렇게 혼자 맥없이 살고 있는 딸을 보는 것은 어미의 가슴에 먹칠을 하는 것이었다. 그 먹칠을 지워야 딸의 불행도 지워질 것 같았다. 딸의 재혼 이야기는 못난 부모에 대한 꾸지람으로 여겨졌다.

산골에서의 사계절은 변화가 분주했다. 눈이 내릴 무렵이면 산돼지가 마을까지 내려와서 밭을 파 뒤집었다. 꽃이 필 무렵이면 꿀벌이 바빴고, 푸른 잎이 산을 가득 채우면 아버지는 약초를 캔다고 산짐승처럼 산비탈을 누비기에 해가 긴 줄을 잊곤 했다. 엄마는 다랑이 밭에서 사철 얼굴을 그을리며 호미질에 바빴고, 정순이는 늦가을이면 산비탈에 올라가 마른 나뭇가지를 이고 와 월동준비를 했다.

초겨울의 어느 날 저녁, 한잔한 아버지는 무겁게 입을 열었다. 적당한 자리가 나왔으니까 시집을 가라는 단호한 한마디였다. 그리고는 다시 그 일로 이야기를 더 하지는 않았다. 짧은 그 한마디에서 정순이는 천근의 무게를 느꼈다. 엄마도 몇 마디 거들고는 이내 그 문제에 대해서는 입을 닫았다.

정순이는 그날 밤 제대로 잠을 이룰 수가 없었다. 생각도 하기 싫었던 문제가 그녀의 머리를 다시금 어지럽혔다. 거기에다 자신이 지

금 부모에게 짐이 되고 있다는 생각을 하자 자정을 넘기고 다시 새
벽닭이 울 때까지도 잠은 온데간데없고 뒤척거리기만 했다. 무작정
집을 나가버리면 어떨까 엉뚱한 생각까지 들었다.

봄이 오자 또다시 정순이의 중매 이야기가 나왔다. 이번에는 동
네 사람이 소매를 걷고 나섰다. 상대는 시골이긴 하지만 정순이가
사는 곳과는 뚝 떨어진 곳에서 살았다. 부산과는 멀지 않은 곳이었
다. 남자는 마흔이 다 되도록 배필을 만나지 못해 외국 여자 장가라
도 들 생각을 하고 있는 중이라고 했다. 비록 농사를 짓고 살지만 궁
색한 살림은 아니었다. 거기에다 성질도 좋은 청년이며, 여자만 좋
다면 아무것도 가리지 않는다는 것이었다.

그 어머니 역시 오매불망 생각하는 것이 아들 배필 구하는 것이
었다. 며느리만 보면 자기가 며느리 시집이라도 살겠다고 한다는 것
이다. 이런 자리가 어디 있겠는가. 중매잡이는 이런 자리가 나왔을
때 멈칫거릴 것 없이 결심을 하라고 막무가내로 졸랐다.

평생 혼자서 살았으면 좋겠다고 생각하고 있던 정순이는 또 새하
얀 밤을 맞아야만 했다. 혼자 살면 자신이야 좋지만 늙어가는 부모
에게는 눈을 감을 때까지 걱정거리가 될 것이 뻔했다. 어떻든 이 문
제는 생각해 봐야 할 상황에 놓였음이 분명했다.

그렇다. 엄마 말마따나 평생을 정말 혼자서 살 수 없는 게 사람
팔자라면 무슨 결정이든 해야 한다. 그래야 부모에게도 짐을 던다.
이런저런 것들을 생각하면 시집갈 생각은 손톱만큼도 없지만, 그래
도 그만한 자리는 드물 것도 같았다.

나이가 좀 많은 것이야, 자신에게 비하면 아무 흠도 아니다. 그러나 시종 마음이 내키지 않는 것이 정순이의 솔직한 심정이었다. 남자랑 몸을 섞으며 함께 산다는 것은 아무리 생각해도 끔찍한 일이었다. 마침내 그녀는 생각의 갈림길에 들어서고 말았다. 또 다른 밤을 다시 지새워야 했다.

정순이는 산골까지 자신을 찾아온 그 청년을 봤다. 만난 것이 아니라 그냥 봤다. 며칠 뒤는 엄마랑 중매를 선 아주머니에게 이끌려 버스까지 타고 청년이 사는 집으로 갔다. 그 청년의 어머니는 그야말로 버선까지 벗고 뛰어나오듯 그녀를 반겼다.

청년의 어머니는 시골 사람 그대로였다. 첫눈에도 마음이 순한 사람으로 보였다. 정순이를 보는 것만으로도 기쁨이 얼굴 가득히 넘치는 저런 표정의 사람이 고된 시집 살릴 사람으로는 도무지 보이지 않았다. 아들 배필을 구하는 것이 몽매간에도 소원이었다가 다소곳한 정순이를 보자 첫눈에 맘에 쏙 들어 했다. 말도 통하지 않는 외국인 며느리라도 봐야겠다고 태산 같은 걱정을 하고 있던 터에 이런 복덩이가 어디서 굴러왔냐 하는 표정이 역력했다.

정순이는 마침내 자기네 집과 멀리 떨어진 이곳에서 살겠다는 결심을 해버리고 말았다. 결혼식이라고는 치렀지만 시어머니의 생각과는 달리 이번에도 조용한 혼사였다.

정순이는 시가집이 고향과 뚝 떨어진 곳이어서 마음에 들었다. 갑갑했던 마음을 정리하고 새로운 삶의 터를 닦는 데는 친정에서 먼

곳이 훨씬 좋을 수도 있다는 생각이 들어서였다.

남편은 싱글벙글이었고, 시어머니에게도 정순이는 금지옥엽이었다. 정순이도 이런 환경 속에서 차츰 마음을 단단하게 다잡아 갔다. 어떤 고통이 있더라도 이 집에서 헝클어진 자신의 인생을 바로 세우겠다는 결심이 그녀의 마음을 단단히 묶어주는 끈 같았다.

그랬기에 그녀의 초야는 무사했다. 무사하고 싶어서 무사했던 것도, 좋아서 무사했던 것도 아니었다. 굳게 먹은 마음이 온갖 정신적 불안과 공포, 그리고 혼란과 갈등을 견뎌낼 수 있는 힘을 주었던 것이다.

그러나 생면부지의 남자와 새로 시작하는 그녀의 생활은 모든 것이 서툴렀다. 속도 모르고 마냥 좋아하는 남편을 볼 때마다 자괴심은 그녀를 사정없이 후려쳤다. 특히나 잠자리를 같이할 때면 또다시 뒤엉겨오는 옛날의 혼돈이 그녀의 머릿속을 사정없이 헐뜯어냈다. 씻을 수 없는 스스로에 대한 불결한 감정이 되살아나 다시금 그녀를 안절부절못하게 했고 이튿날 아침이면 두 눈으로 남편을 바로 볼 수 없게 했다.

그녀의 하루하루는 결심과 갈등이 그렇게 되풀이되었다. 그런 되풀이가 계속되던 얼마 뒤 그녀의 몸에는 이상 징후가 있었다. 임신이었다. 하늘이 그 집안에 축복을 내렸다고 모두들 좋아했다. 그녀에게는 기쁨이어야 할 임신이 기쁨이 아니었다. 새로 태어날 생명과 기뻐하는 남편에 대해 죄책감을 더하는 것뿐이었다.

그런 시간이 제법 흐르고 난 뒤 출산이 있었다. 아들이었다. 남편은 좋은 표정을 감추려 하지 않았다. 시어머니에게도 며느리는 집안에 대를 이어 준 복덩어리였다. 정순이의 모성애도 갓난아기를 향해 샘물처럼 솟았다. 그런데도 자신이 부정하다는 정신적 억압감만은 떨쳐지지를 않았다. 그 억압감이 자신을 망가뜨리고 있다는 피해의식과 뒤섞이며 스스로를 가누기 힘들게 했다.

남편과 시가에 대해서 무언가 속죄의 길을 찾아야겠다는 생각이 그녀를 혼란스럽게 했다. 아무것도 모르는 새 생명을 위해서도 속죄의 길은 찾아야 한다는 생각이 자꾸만 그녀의 정신을 혼란스럽게 했다.

그녀는 주섬주섬 챙긴 옷가지를 보따리에 싸 들고 무작정 집을 빠져나와 버렸다. 왜 꼭 그래야 했는지에 대해서는 스스로도 이유를 알 수 없었다. 아이까지 집에 두고 혼자 나온 이유에 대해서도 자신은 설명할 수 없었다.

어린 아기에 대해서는 남편에게 잘 길러 달라는 쪽지 한 장을 남겨 둔 것이 전부였다. 그리고 아무도 아는 사람 없는 사고무친의 부산으로 향했다. 거기서 먹고 살기 위해서 얻은 일자리가 식당이었다.

그러나 식당 일도 성한 정신으로는 참으로 견뎌내기 어려운 것들 뿐이었다. 손님에게 들을 소리 듣지 않아야 할 소리를 듣고 나면 때 묻은 결벽증이 밤잠을 가위눌림으로 하얗게 덮어버렸다. 그때마다 자신의 피붙이가 문득문득 생각났고, 남편에게는 미안하기도 했다. 순간순간 그녀가 자란 고향까지도 그리워졌다.

고향이 그리우면 그리울수록 마을 가게는 악몽으로 꿈틀거리며 새삼스럽게 다가와서 그녀를 괴롭혔다. 마침내 그녀는 자신이 속죄의 제물이 되더라도 그 악몽의 원천인 가게의 주인을 없애야겠다고 결심했다. 그래야 비로소 갈등과 혼돈에서 풀려날 수 있고 아이와 남편에게도 떳떳할 것 같았다.

생각이 여기에 미치자 전신이 부르르 떨렸다. 그리고 천길 검은 우물 속에서 헤어날 수 있는 빛이 외가닥으로 보였다. 그 외가닥 빛은 자신이 제물이 되거나 아니면 악의 화신을 없애야겠다는 결심을 화안하게 비춰주었다.

결심을 하자 다시 전신이 부르르 떨렸다. 동아줄에 칭칭 묶여 살던 자신이 어쩌면 이제 그 동아줄에서 풀려날 것 같았다. 아니, 새장에 갇혀 살다가 새장 밖으로 나와 하늘로 높이 치솟아 날아오를 것 같다는 생각이 들었다.

미친 듯 정신없이 그녀가 살던 옛 마을을 찾았을 때는 점심 무렵이 지나서였다. 아무 곳도 거치지 않고 그녀는 가게로 직행했다. 그리고 식당에서 숨겨 왔던 칼을 휘둘렀다. 남자는 비명과 함께 눈앞에서 꼬꾸라졌다.

그녀가 정신을 차렸을 때는 전신이 피 칠갑이 된 채 자신의 팔목에 수갑이 채워져 있었다.

정순이는 경찰에서 불과 며칠 뒤 검찰로 넘겨졌다. 포승에 묶인 채 검사 앞에 앉았을 때도 별다르게 해야 할 말이 없었다. 쓰러진 시체 옆에는 그녀가 들고 갔던 칼이 피가 묻은 채 놓여 있는 사진이 보였다. 그 옆에 자신이 정신 잃은 사람처럼 서 있는 사진도 조사 서류에 붙어 있는 것을 자신의 눈으로 똑똑히 봤다. 현장검증 보고서였다.

그런데 무슨 다른 할 말이 있겠는가. 경찰이 도착해서 뭐라고 했을 때도 그녀는 그저 멍하게 서 있었고 범행을 부인하지도 않았다. 검사가 묻는 말에도 한마디 변명을 하지 않았다. 묵비권을 행사하느냐는 물음에는 무슨 말인지 뜻을 몰라서도 그랬지만 그녀는 역시 묵묵부답이었다.

구치소에 갇혀 있는 동안이 그녀에게는 오히려 편했다. 네모난 틀 속에서도 앞을 가로막고 있던 장벽이 무너진 것 같았고, 꽉 막혔던 무엇인가가 확 뚫린 것처럼 갑갑하기만 했던 속이 후련했다. 머리가 아프고 가슴이 답답할 때면 자주 먹던 약도 구치소에서는 먹지 않아도 됐다. 그래도 아무렇지도 않았다.

법원으로 넘겨지기 전 검사는 다시 그녀를 불렀다. 그는 두툼한 서류를 넘기면서 정신병원까지 가야 했던 고통에 대해서 동정이 가는 부분도 있지만 개인이 갖게 된 원한을 법을 떠나서 개인적으로 보복해서는 안 된다는 말을 들려주었다. 정순이는 검사가 지금 무슨 말을 하고 있는지 알 수가 없었다. 그냥 묵묵히 서 있기만 했다.

검사는 이제부터는 법원에서 판사로부터 재판을 받게 될 것이라는 말을 했다. 정순이는 일이 어떻게 돌아가든 알고 싶지도 않았다. 그리고 벌을 받아야 한다는 것이 아무런 심각한 문제로 느껴지지도 않았다. 오로지 속이 후련할 뿐이었다. 자신이 한 일이 잘못이었다는 느낌은 손톱만큼도 들지 않았다.

검사가 방에서 나갔다. 검찰 서기가 뭘 또 물었다. 그런 물음이 자신과 관계있는 말인지 자신과 상관없는 말인지 알 수 없었다. 알고 싶지도 않았다. 그녀는 평생을 감옥에서 살아도 하나도 억울할 것 없다는 홀가분한 기분뿐이었다. 오직 자신이 해치운 일로 평생 가슴을 꽉 막고 있던 그 무엇이 뻥 뚫린 것 같아 시원할 뿐이었다.

마침내 정순이가 공판정에 서게 되는 날이 왔다. 교도관은 포승줄에 묶여 공판정에 들어선 정순이를 다른 사건과 관련된 남자 피고인 옆자리에 앉히려고 했다. 옆에 앉은 피고인을 힐끗 본 정순이는 전신을 움츠렸다. 순간적으로 남자 혐오증이 그녀를 휩싼 것이다. 판사는 교도관에게 정순이를 남자 피고인석으로부터 1미터 이상 떨어진 자리에 앉히라고 지시했다.

술렁거리던 장내가 정리된 뒤 공판이 시작됐다.

판사는 정순이가 범인 본인인지 확인했다. 관련된 범죄사건의 실제 인물인지를 확인한 뒤 이런저런 것들을 물었다. 첫날의 공판은 간단했다. 그런데도 판사가 정순이에게 뭔가를 물을 때는 여기저기서 카메라 플래시가 터졌다. 판사는 법정에 들어와서 사진을 찍으며 분주히 오가는 기자들에게 몇 번 주의를 주기는 했지만 본인이 맞는지를 확인하는 심문은 조용히 끝났다.

얼마 뒤에는 두 번째 공판이 있었다. 그 사이에 나라에서 소송비용을 댄다는 변호사가 그녀를 몇 번이나 구치소로 찾아왔었다. 그러나 그녀는 변호사에게 자신에게 유리하도록 변명하고 싶은 생각은 손톱만큼도 없었다. 변호사가 오히려 답답해했다.

그 변호사가 이날 공판정에 나왔다. 판사는 정순이에게 사건을 저지른 동기에 대해서 물었다. 그리고 정순이의 과거행적에 대해서도 비교적 꼼꼼하게 묻고 그동안의 생활에 대해서도 여러 가지를 물었지만 정순이는 입을 닫고 있거나 단답형으로 일관했다.

구형 공판이 있는 날, 검사는 징역 5년과 감호처분을 구했다. 어린 시절 성폭행 충격으로 결혼생활이 불행했고, 사회활동에 장애를 받아 정신분열증까지 보여 온 점을 충분히 감안했다고 말한 뒤, 그러나 살인이라는 뚜렷한 목적의식을 가진 상태에서 범행이 이뤄졌기 때문에 법이 정한 양형에 따라 징역과 감호처분을 청구한다고 했다.

변호사는 5년 징역은 과도한 구형이라고 맞섰다. 피고인이 정신적 억압에서 완전히 풀려나 자유롭게 정신치료도 받을 수 있도록 무죄 선고를 해서 몸을 풀어 줘야 한다고 주장했다. 성폭행이 20년에 이르도록 피고인 개인의 인격을 파멸로 이끌어 갔고 삶을 산산조각 나게 했다는 점도 강조했다. 그리고 최근 우리 사회에서 자주 일어나는 성폭행 범죄의 방지와 피해자 보호를 위한 선언적 의미도 있기 때문에 이 사건은 무죄 선고를 해야 옳다는 점을 강조했다.

변호사는 변론을 계속했다.

피고인은 성폭행의 충격 때문에 두 차례의 결혼에 실패, 그간의 분노와 심신 상실 상태가 빚은 충동적 범죄는 우리 사회가 함께 책임져야 할 일이라고 했다. 20년 이상을 징역형보다 더한 고통 속에서 살아온 피고인에게 징역 5년은 범죄의 성질상 과하다고 줄기차게 변론했다.

그는 사건판단과 법률적용은 판사의 몫이라고 했다. 형의 선고에 대해서는 판사의 책임이라는 말도 했다. 그러나 저항능력이 없는 어린이를 성폭행하는 빗나간 사회현상을 예방하기 위해서라도 피고에 대해서는 관대한 선고가 있어야 한다고 거듭 주장했다. 정순이는 그동안도 마냥 땅바닥만 내려 보고 서 있었다.

변론이 끝나자 방청석에서 수군거리는 소리가 들렸다. 판사는 수군거리는 소리가 들리는 방청석을 향해 조용히 하라고 주의를 줬다. 변호사는 또 뭐라고 했다. 그때부터는 정순이에게는 앵앵거리는 소리만 들렸을 뿐 그 내용은 알 수가 없었다. 이어서 또 뭐라고 했다.

조금 뒤 판사는 정순이에게 마지막으로 할 말이 있으면 하라고 했다. 정순이는 아무 할 말이 없었다. 그냥 그대로 꼼짝없이 서 있기만 했다. 다만, 평생을 옥죄고 짓누르던 무게에서 벗어나 자유로움이 포근하게 그녀를 감싸는 것 같이 느껴졌다.

그녀는 새장을 빠져나온 새가 되어 자신이 살던 동네 뒷산으로 훨훨 날아오르는 것 같은 가뿐한 기분이 들 뿐이었다.

깨진 안경 ——

어수선하다. 늘 그렇다. 밤 11시 반 근처의 서면 지하철역 풍경은.

여기서는 얼큰함과 느긋함이 슬며시 어울려 서성이다가 잠시 뒤 바쁘게 사라진다. 갑자기 썰렁해졌던 분위기는 금방 다시 어수선해진다. 종잡을 수 없고 예측할 수도 없는 천차만별이 서면 지하철역의 늦은 밤 풍경이다. 언제나 그렇다.

나는 그런 분위기 속에 끼어 다음 지하철을 기다리고 섰다. 옆에서 퀴퀴한 술 냄새가 날아왔다. 마신 사람이야 모르겠지만 코끝을 스치는 느끼한 냄새가 내 후각에는 거슬렀다.

부산에서 가장 큰 환승역. 금요일 밤 이 시간이면 일하던 사람들과 불금을 즐기던 사람들이 마지막으로 쏟아져 모여든다. 한 주를 끝낸 공단 사람, 가까운 대학 취업준비생들까지도 여기서 환승 한다. 주변에 깔려 있는 술집까지 파장에 이르면 하루의 피로를 내려놓기 위해 모두 이곳에 모이기나 하는 것처럼 보인다.

그들은 1호선 노포동 쪽 16개 역, 신평 쪽 18개 역을 향해 흩어진다. 또 2호선 해운대 쪽 18개 역과 양산 쪽 24개 역을 향해 피곤을 털면서 떠난다. 3호선, 4호선을 타려고 여기서 환승하는 사람들까지 더하면 접점의 속살이 너무나 적나라해진다.

그런 풍경을 숨차게 비집고 30대 초반의 여자가 달려와 나를 밀쳤다. 그리고 막 출발하려는 2호선 장산행 지하철에 뛰어올랐다. 놀라며 나도 뒤따라 지하철을 탔다. 닫히는 도어에 부딪힐 듯 젊은 청년 한 명도 뒤따라 뛰어올랐다.

지하철은 순식간에 일어난 이런 일에는 무반응이었다. 출입문은 닫혔다. 그리고 느릿하게 출발했다. 이내 속도를 더하고 더하면서 빠르게 내닫기 시작했다.

쫓기듯 황급하게 지하철을 탄 여자는 옷차림이나 화장으로 봐 천박하게 느껴지지는 않았다. 나를 쫓아 탄 청년도 마찬가지였다. 머리 스타일에서 약간의 '날끼'가 풍기기는 했지만, 깨끗한 차림새다.

청년이 잽싸게 뒤따라 탄 것을 곁눈질로 알아차린 여자는 파랗게 놀랐다. 순간 공포에 질린 모습으로 몸을 움츠렸다. 그리고 안쪽으로 발을 제겨 사람들이 앉아 있는 앞으로 옮겼다. 여자의 얼굴에 불안이 짓이겨 덮쳐진다. 손잡이를 잡고 섰지만 움츠린 어깨가 굳어지는 것이 눈에 잡혔다.

남자는 씩씩거리며 여자 쪽으로 방향을 잡았다. 그리고 여자 옆으로 잽싸게 제겨 섰다. 흐느적거리듯 손잡이에 매달려 서 있던 승객 몇 명은 갑작스러운 틈입자를 흘겨보며 틈새를 내줬다. 그 순간 청년의 좌 편 손바닥이 여자의 뒤통수를 사정없이 덮쳤다. 눈 깜짝할 사이였다.

느닷없이 뒤통수를 맞은 여자는 한 손으로 머리를 감쌌다. 그리

고 비틀비틀 몸을 낮추며 안쪽으로 급히 더 들어가려고 했다. 남자
는 도망가듯 안쪽으로 옮기려는 여자의 짧은 머리채를 낚아챘다. 그
리고 왁살스럽게 자기 앞으로 끌어당겼다.

"아저씨! 좀 말려주세요!"

여자는 비명으로 몸을 떨며 옆 사람들에게 구원을 요청했다. 사
람들은 순식간에 일어난 일에 놀라 머리채를 잡힌 여자와 잡은 남자
를 동시에 쳐다봤다. 그랬을 뿐, 누구도 여자를 구해주려고 나서지
는 않았다. 너무나 순식간에 일어난 일이어서 승객들은 어떤 판단도
할 겨를이 없었다. 그래서 그런지 말리기는커녕 곁에 섰던 사람은
발을 뒤로 빼며 이 장면을 외면했다.

"아저씨, 좀 도와주세요! 이 사람 술 취했어요."

눈길을 돌린 앞 사람에게 여자는 다급한 구원을 다시 요청했다.
망신스러움이나 부끄럼 같은 것은 아예 찾아볼 수 없었다. 비명의
구명요청에 조금 전까지 게슴츠레 눈을 뜨고 앉아 있던 승객들 몇이
크게 눈을 떴을 뿐, 그뿐이었다. 오히려 봐서는 안 될 장면이나 본
것처럼 다시 그 장면에서 눈을 떼버렸다.

남자는 여자의 낚아챈 머리칼을 자기 앞으로 끌어당겼다. 머리채
가 꽉 잡힌 여자는 뒷걸음질 치며 끌려왔다. 남자는 여자의 뒤통수
를 때리는 것으로만 끝내지 않았다. 이번에는 여자에게 발길질까지
하는 것이었다.

어쩌다 그 공포의 도가니를 목격하게 된 나는 온몸이 덜덜 떨렸
다. 불문곡직하고 위기의 여자를 돕고 싶은 생각이 들었다. 그러나

아무도 나서주지 않는 마당에서 내가 앞에 나서서 그 남자의 폭력행위를 만류하기에는 역부족이었다. 젊을 때 같으면 또 모르겠다. 그러나 서 있기도 힘든 여든 고령에다 아무 힘도 없으면서 남의 싸움에 섣불리 나섰다가 큰 봉변을 당할 수도 있기 때문이었다.

다들 나처럼 말리려다 다칠까 겁나서 그러는 것일까. 자신의 일이 아니라고 생각하기 때문에 그러는 것일까. 이 무법의 난폭을 말리는 사람은 신기할 정도로 아무도 없었다. 같은 칸의 저쪽 사람들까지 희멀겋던 눈을 동그랗게 뜨고 이 광경을 보기는 했지만 모두들 방관자였다.

목격자들 가운데는 힘깨나 쓸 수 있을 것 같은 혈기방장한 젊은이도 있었다. 막일꾼 차림도 눈에 띄었다. 그들은 모두 폭행의 현장을 목격했다. 그러나 늙고 젊고 할 것 없이 애써 현장을 못 본 척하며 시선에서 초점을 흐려버렸다.

알 수 없는 사건을 싣고 지하철은 금방 전포역에 이르렀다. 여자는 머리채가 잡힌 채 남자에게 질질 끌려 밖으로 나갔다. 그리고 그들이 시야 밖으로 채 밀려나기도 전에 지하철은 다시 어둡고 긴 터널을 향해 출발했다.

서면역을 떠나 2분이 될까 말까 한 눈 깜작할 사이에 일어난 일의 전모다.

지하철이 전포동역을 출발하자 비로소 차 안의 분위기는 술렁거렸다. 남자가 형편없는 놈이다, 그럴 사유가 있겠지, 나름 대로들 서로 한마디씩 평론을 하며 분개했다. 그런 가운데에도 눈을 지그시

감고 조는 듯 앉아있는 억지 무관심파도 있었다.

잠시 술렁거리던 차 안은 이내 아무 일도 없었던 듯 희한하리만큼 조용해졌다. 다만 취한 듯 앉아서 졸고 있던 승객 몇 명의 눈이 주위를 두리번거렸을 뿐. 그마저도 스며드는 금속성 바퀴 소리에 금방 흡수되어 게슴츠레 흐려지고 말았다.

경로우대석에 빈자리가 생겼다. 나는 거기 앉았다. 봐서는 안 될 참혹한 장면이 조각난 거울처럼 깨어진 형상으로 되비쳤다. 이유야 어떻든 여자의 머리채를 휘어잡은 잔혹함에 겁이 나서 한마디도 못한 자신이 후회스러웠다. 정말이지, 마음이 없어 그런 것은 아니었다. 서슬이 겁이 났고, 늙고 우유부단한 성격 탓도 있었다. 늙는다는 것은 무기력의 다른 말이고 우유부단의 다른 말 같기도 했다.

젊었을 때라면, 아니 10년 전 만이었더라도 가만히 있지는 않았을 것이다. 무조건 말리고 나서 뒷일을 생각했을 것이다. 어렸을 때부터 흥정은 붙이되 싸움은 말리라는 말을 들으며 자랐지 않았던가. 그런 내가 왜 봐서는 안 될 장면을 보고도 속으로는 떨고 흥분하면서 겉으로는 애써 모른 척 비겁하게 굴어야 했던 것일까.

나는 다른 관객들처럼 이미 도시생활에 너무 익숙해져 버렸다. 몇십 년을 대도시에 살면서 순수함, 정의감 같은 것은 어느새 매연에 녹슬어버린 사람이 된 것이다. 그리고 그 모순에 버무려져 이런 장면을 보는 것쯤에는 어느덧 익숙해져 버린 것이다.

지금까지 살아오면서 볼 것 못 볼 것 많이도 봐왔다. 어설픈 의협심 같은 것을 발휘했다가 묵사발 되는 꼴도 한두 번 본 것이 아니다.

그런 터에 의혈청년도 못 되는 나 같은 주제에 나서서 설거지하려다 가는 봉변당하기에 십상이다. 그래서 속으로는 떨면서 겉으로는 묵언이었던 것이다.

지하철은 순식간에 금융단지에 닿는가 했더니 벌써 문현역으로 들어서고 있었다. 내 곁에서 말똥말똥 앉았다가 그새 스르르 깜박 졸던 노친네가 부스스 일어나 내릴 준비를 했다.

문현동을 지나자 지하철 안은 빈자리가 좀 더 늘어났다. 그리고 차츰 조용해졌다. 경로석도 이제는 둘뿐이다. 종점까지 가야 하는 나에게는 그래도 아직 앞길이 꽤나 남았다. 옆 사람은 술 냄새를 뿌리며 졸고 있지만, 나는 아직 충격에 잡혀 있다.

갈피 없는 생각으로 머리가 복잡해지자 나는 머리를 저었다. 두 손으로 얼굴을 비빈 뒤 앉은 자리에서 가만히 눈을 감았다. 삼십 분쯤은 더 가야 하기 때문에 좀 졸아도 될 것 같았다. 그러나 조금 전의 그 강렬한 장면이 뇌리에서 팔딱거리고 있다. 너무 짙게 각인된 장면이 흥분과 긴장을 쉽게 풀어주지 않아 졸음이 끼일 틈이 없었다.

그 여자는 어떻게 되었을까. 그 남자와는 어떤 관계일까. 왜 밤늦은 지하철 안 뭇사람이 보는 데서 여자는 남자로부터 폭행을 당해야만 했을까. 생각하면 할수록 긴장감은 식지 않았고 정신은 오히려 초롱초롱해지는 것 같았다.

지하철 안에는 여러 사람이 있었다. 그런 가운데서 한 여자가 사정없이 폭행을 당했다. 늙은 나는 비겁해서 그랬다손 치고, 다른 젊은 사람들은 왜 아무도 말려줄 생각을 하지 않았을까. 그렇게 말려

달라고 애원을 했는데도 모두들 왜 외면해버렸을까. 다들 간이 작은 나처럼 말리려다 봉변이나 당할까 두려워서 그랬을까.

툭하면 의분에 넘치던 대중들은 가식적이다. 아니 이중적이다. 그렇지 않다면 그 젊은 혈기는 늙고 찌그러들어 겁에 질린 나와 다를 게 뭐란 말인가. 정의를 외치던 젊은이들, 그 의로움이 가짜가 아니었다면 오늘의 폭행 현장에서도 소가 달을 보듯 하는 모양은 없었을 것이 아닌가. 폭행을 정의를 지키는 수단이라고 해석할 수 있다면 또 몰라도.

하기야 요즘 세상에서 정의니, 의분이니, 의협심이니 하고 들먹이는 것 자체가 진부한 얘기다. 그런 따위는 이미 없어진 지 오래다. 부산 같은 대도시에서 불의의 봉변을 구해줄 의인을 찾다니.

그러고 보니 불의에 대한 외면, 폭력에 대한 방관은 꼭 우리나라에서 만의 현상은 아니다. 세계 어디나 도시화 사회에서는 평화는 변수고 폭력은 상수다. 그런 비법무도에 대한 비판은 이미 우이독경이 돼버렸는지도 모른다.

어느 시대 어느 나라에도 정의로운 폭력은 없었다. 그런데도 행위자는 범죄를 자기합리화로 포장했다. 아이러니가 아닐 수 없다. 정말이지, 역사는 때로는 거짓말을 했고 법은 정의의 편에만 서주지 않았다. 방관해서는 안 될 일이 방관되었고, 되풀이되지 말아야 할 일이 되풀이되었다.

지식인들이 모여 사는 곳에서 양식과 질서의 틀이 더 교묘하게 자주 무너졌다. 그것은 모순이지만 현실이다. 소수가 모여 사는 시골이라고 성역일 수는 없지만, 교육 시설도 많고 문화 운운하는 대도시가 더 누추하고 비겁한 삶의 모습을 보이는 예가 훨씬 많았다. 그렇다면 지식은 무엇이고 문화는 무엇인가.

바로 얼마 전 중국 광동성 포산이란 곳에서 있었던 일이 떠오른다. 이 일은 인터넷신문에 떠돌았고 종이신문에 그대로 전재되기도 했다. 그래서 아는 사람이 많다.

어느 시장 골목에서 어머니가 애를 두고 잠깐 자리를 비웠다. 두 살밖에 안 된 아이가 그사이에 승합차에 치어 쓰러졌다. 기사는 차를 스르르 세우며 주위를 살폈다. 그러나 아무도 현장을 본 것 같지 않았다. 잠시 머뭇거리던 그는 목격자가 없자 즉시 뺑소니를 쳤다. 그러면서 뒷바퀴로 다시 그 아이를 깔아뭉갰다. 뒤따라오던 차까지 쓰러진 아이를 보지 못한 채 아이를 치고 지나가 버렸다.

아이는 뇌사상태가 되었다. 달려 나온 어머니에 의해 뒤늦게 병원으로 옮겨졌다. 그러나 끝내 숨지고 말았다.

얼마든지 살릴 수 있었던 어린아이가 방관자 때문에 죽고 말았다. 더욱 가증스럽고 놀라운 일은 아이가 사고를 당했을 때 열여덟 명의 행인이 그 옆을 지나갔다는 것이다. 만일 처음 승합차에 치었을 때 목격한 행인 가운데 누군가 한 명이라도 이 아이를 구해 즉시 병원으로 데리고 갔다면 최소한 목숨을 잃지는 않았을 것이다.

이런 경우 시치미를 뗀 운전자나 방관자는 미필적 고의에 의한 살인범이다. 방관은 곧 살인이다. 그런데도 열여덟 명이나 현장을 지나치면서 아무도 구조에 손을 쓰지 않았다니 해도 너무 한 무정사회이고 무관심사회이다. 그리고 결과적으로 공범만 우글거린 방관자 사회가 아닐 수 없었다.

어떻든 무서운 세상이다. 경찰관에게 칼을 휘두르며 행패를 부리는 것은 예사다. 심지어 사제 권총으로 공무를 집행하는 경찰관을 쏴 목숨을 뺏는다. 이런 TV 뉴스를 보며 혀나 끌끌 차다가 뉴스가 바뀌면 금방 다 잊는다. 내 일이 아니기 때문에 '저런 일도 있었구나'로 넘어가 버리고 만다.

합법적이고 정당한 공무를 집행하는데도 공권력이 이 모양으로 당한다. 그런데 한갓된 시민이 시비를 가려 잘못을 고치려고 나섰다가는 어떤 낭패를 당할지 모른다. 나는 그것이 두렵다. 주먹 약한 사람에게는 이 세상에는 정의라는 것이 없기 때문이다.

이런 생각에 미치자 스스로가 더 왜소해지는 것 같았다. 남에게 책임이나 전가하는 비겁한 늙은이가 된 것 같아 자신이 싫어지기조차 했다.

지하철 안은 잠시 조용해지는 것 같았다. 잡념을 떨치려고 나는 고개를 숙인 채 다시 얼굴을 쓸어내렸다. 그래도 조금 전 그 폭력사건은 계속 나를 혼란스럽게 했다. 누군가가 이렇게 머리를 숙인 채 갈피 없는 의식의 흐름을 좇고 있는 나를 본다면 처량하거나 멍청한 노인이 졸고 있는 것쯤으로 비칠 수도 있겠지. 아니면 도무지 생각을 가다듬을 줄 모르는 인지증 환자쯤으로 볼지도 모른다.

어느 사이 지하철은 못골역을 지나고, 대연동역을 지났다. 그리고 경성대·부경대역에 이르렀다.

지하철이 멎는 기미에 나는 고개를 들어 주위를 살폈다. 내 좌석 옆자리에 앉았던 승객이 내린다. 대신 몇 명의 대학생들이 내 앞에 섰다. 여학생들도 섞여 있다. 그들은 피곤하지도 않은 지 다정하게들 뭐라고 서로 이야기를 하고 있다. 늦은 밤인데도 즐겁고 다정하고 사랑스러운 표정엔 지친 구석이 없었다.

만약 저들이 조금 전 내가 목격한 장면과 같은 상황에 맞닥뜨렸다면 어떻게 행동했을까. 여자친구 앞에서 의협심이 충만한 기사도 정신을 아낌없이 발휘했을까. 아니면 좋은 게 좋다고 어물쩍 넘어가려고 했을까.

물론 남의 나라 일본에서 철길에 떨어진 사람을 구하려다가 스스로 목숨을 잃은 의로운 우리나라 젊은이가 없었던 것은 아니다. 얼마 전 뉴욕에서 철길에 떨어진 한국 사람을 구할 생각은 않고 특종 사진이나 찍으려 했던 미국 카메라맨의 그 비정함과 극명하게 대비되는 살신성인의 사건이었다.

도시가 크면 클수록 방관자 심리는 더욱 두드러진다. 익명성이 보장되는 도시의 그림자에 숨어 낯선 사람으로 사는 데 불편함이 없기 때문이다. 이 점에서는 조금 전 그 청년이나 미국의 그 카메라맨이나 다름이 없을 것 같다. 익명성은 사람의 사고를 검게 만든다. 그런 사고는 행동의 방향을 어둠 속으로 튼다.

결국 사람 사는 세상에서 묻어나는 훈훈한 인간 냄새라도 맡으려면 옛날의 시골로 돌아가야 할지 모른다. 시골도 지금은 도시화 의식에 강하게 녹아버리긴 했다. 그렇지만 몇 안 되는 이웃의 얼굴을 보면서 안부 묻고, 이야기 나누고 웃으면서 정 주고 살 수 있는 곳은 그래도 시골이 아닌가.

지하철을 타고 다니며 생활하는 사람은 성격이 금속성이나 모래가 섞인 사토질로 변한다. 그런 사람들이 어떻게 남의 밥숟갈 크기까지 다 아는 다정한 이웃이 되어 더불어 살 수 있겠는가. 영원히 다시 만날 일 없이 흩어지며 딱딱하게 사는 타인들의 일인데.

세상은 갈수록 건조해지고 있다. 우리나라도 그렇고 미국도 영국도 마찬가지다. 문화강국 프랑스를 포함해서 유럽의 여러 나라도 이 점은 마찬가지다.

세상에서 사람이 가장 많이 붐비는 도시, 뉴욕 번화가 한복판에서는 반세기쯤 전에도 주변인의 외면 속에서 끔찍한 살인사건이 있었다. 일본의 수도 도쿄에서도 삼십여 년 전에 방관이 빚어낸 기막힌 살인사건도 있었다. 종교, 도덕, 윤리나 인간의 가치관과는 아무 상관없는 놀라운 대도시의 사건들이었다.

뉴욕에서 있었던 끔찍한 사건은 사람 사는 세상의 일이라고는 도저히 믿어지지 않았다. 사건의 내용은 이랬다.

스물여섯 살의 젊은 여자가 업소에서 야간 당번을 마치고 새벽 세시께 집으로 돌아오고 있었다. 그때 그녀는 수상한 남자 둘이 뒤쫓아 오고 있음을 감지했다. 그렇지만 그 남자들이 위해의 대상이라고는 생각하지는 않았다. 평소에 자신은 그럴만한 일을 하지 않았기 때문이고, 또 자신이 사는 아파트 입구에 이미 들어섰기 때문이기도 했다.

별 경계를 하지 않은 상태에서 아파트 입구에 이르렀을 때 갑자기 접근한 그들로부터 자상을 입는다. 여인은 피를 흘리며 큰 소리로 살려달라고 외쳤다.

비명소리가 계속되자 아파트 창문 여기저기서 불빛이 보였다. 심야의 비명에 잠에서 깬 사람들이 불을 켜고 커튼 사이로 바깥의 사건을 목격했다. 그러나 아무도 그 여자를 도와주려고 하지는 않았다. 그 사이 남자들은 그 여자를 계속 폭행했다.

칼에 찔린 그녀가 사경에서 벗어나려고 몸부림치며 버둥거렸다. 그리고 계속 도와달라고 아파트를 향해 소리쳤다. 그때 오직 한 사람만이 커튼을 걷어 올리고 아파트에서 창밖을 향해 소리쳤다.

"그 여자를 괴롭히지 마시오."

그 소리에 놀란 범인들은 비로소 현장을 비켰다. 여인은 난자당한 상처에서 피를 흘리다가 길가 가게 앞에서 정신을 놓쳐 쓰러지고 말았다. 다시 정신을 차려 집으로 가려고 헐떡거리며 안간힘을 하고 있을 때 범인들이 또 나타났다. 그리고 여인의 온몸을 다시 난자했다. 여인이 살려달라고 죽을힘을 다해 고함을 지르자 범인들은 주위를 두리번거리며 슬며시 현장을 떠났다.

여인은 난자당한 몸으로 사력을 다해 간신히 자신의 아파트로 기어서 들어왔다. 현관에 들어서서 불을 켜자 언제 뒤쫓아 왔는지 범인들이 또다시 나타났다. 그들은 집 안으로 들어와 현관문을 걸고 여인을 성폭행하고 난자했다.

결국 여인은 죽었다. 처음 사건이 일어나고 난 뒤 여인이 죽기까지는 35분이 걸렸다. 반 시간이 넘도록 가해자와 피해자가 실랑이를 벌였건만 그동안 아파트 안의 커튼 뒤에서 폭행을 구경하는 사람은 있어도 소매를 걷고 앞으로 나와 중상의 이 여인을 구출해 살려주려고 한 사람은 아무도 없었다.

범인들은 고함소리에도 피신할 정도였다. 만약 누군가가 적극적으로 구조에 나섰더라면 이 여인은 죽지는 않았을 것이다. 도시인들의 이웃에 대한 무관심과 방관, 말리다가 입을 수도 있는 피해에 대한 지나친 두려움은 한 여인의 생명을 이렇게 무참하게 앗아가게 내버려 두었던 것이다. 무관심이 빚은 비극의 예로 자주 들먹여지는 이 사건이 유명한 제노비스 사건이다.

도쿄에서도 30여 년 전에 이와 유사한 사건이 있었다.

어느 회사 회장이 거의 1만 명에 이르는 노인들을 상대로 천문학적 거액을 사기했다. 이 사건으로 경찰은 회장을 사기범으로 자택에서 검거, 연행하게 되었다. 사진기자 30여 명이 연행 장면을 촬영하기 위해 범인의 집 마당에 모여 있었다. 그때 건장한 사나이 두 명이 나타나 "회장을 죽이러 왔다"고 공언하며 1층 유리창을 깨고 집안으로 들어갔다.

그 순간을 목격한 사진기자들은 현장을 촬영하기에만 분주했다. 당장에 일어날지도 모르는 살인사건을 막겠다고 나서는 사람은 아무도 없었다. 깨어진 유리창 문틈으로 유유히 안으로 들어간 둘은 회장의 거실에서 그를 살해했다. 비명소리가 들리고 난 뒤 그들은 들어갔던 유리창 문틈으로 밖으로 나왔다. 경찰은 범인들을 현장에서 체포했다. 회장은 이미 숨을 거두고 난 뒤였다.

불법과 불의를 폭로하고 사회에 고발하는 것이 직업인 기자들도 당장 눈앞에서 전개될 범행을 예견하지는 못했던 것일까. 예고된 살인사건인데도 그들은 예방에 전혀 신경을 쓰지 않고 촬영한다고만 법석을 부렸다. 촬영, 그것으로 그들이 해야 할 일을 충실히 다 한 것일까. 그 알량스러운 '독자의 알 권리'에 인간의 목숨이 우선순위를 뺏겨도 되는 것이었을까.

이혼한 영국의 황태자비 다이애나가 1997년 파리에서 교통사고를 당했을 때다. 그때도 상황은 비슷했다.

36살 미모의 황태자비가 탄 차를 뒤따르던 파파라치들은 프랑스의 어느 터널 안에서 교통사고 현장을 목격했다. 그러나 사경의 황태자비를 위한 현장 구조작업보다 그들은 사진 촬영에만 더 급급했다. 적극적 구조작업과 긴급후송이 늦어 다이애나비는 이 사고로 죽고 말았다. 문화강국이라고 자처하는 프랑스에서 이런 사건이 일어났다니, 믿기 어려운 실제 사건이었다.

이런 생각들을 비집고 수영역에서는 환승하는 사람들이 내리고 또 탔다. 문득 전포동역에서 머리채를 잡혀 끌려나간 그 여자는 어떻게 되었는지 궁금했다. 그때 그 폭행남에게 그러지 말라고 말이라도 한마디 할 걸, 후회스러운 생각이 또 머리를 흔들었다.

그 순간의 승객 모두가 나처럼 겁쟁이고 비겁했을까. 선한 이웃, 의로운 이웃은 그때 그 현장에는 정녕 단 한 사람도 없었던 것일까. 미국, 프랑스, 일본에서도 그랬던 일. 정도는 다르지만 바로 조금 전

지하철 안에서 벌어진 여자에 대한 폭력과 납치, 그런 유사한 사건이 세계 곳곳에서 거의 날마다 일어나고 있다. 현장을 목격하고 얼굴을 돌리는 방관자도 그만큼 늘어나고 있다.

이런 생각을 하노라면 텔레비전 프로그램인 '동물의 세계'에서나 볼 수 있는 짐승만도 못한 것이 인간이 아닌가 싶어진다. 그런 사람들이 모여 사는 세상, 부산은 그 가운데서 이름도 거창한 메트로폴리스다. 빗나간 본을 보이고 있는 현대도시다.

세상은 원래 그렇게 되어 먹은 것인데 비판이나 하면서 대책도 내놓지 못하는 내가 반편이인지도 모른다. 아니면 노파심이 지나쳐 부질없는 걱정이나 불평만 하는 현실과는 동떨어진 어리석은 인간인지도 모른다.

약육강식의 세상, 도덕적 기준과 판단력이 허물어져 버린 세상, 그런 세상은 정녕 인간이 살기에 적합한 세상은 아니다. 방약무인의 폭행, 살인이 자행되는 세상은 금수의 세상보다 하위 세상이 아닐까. 도적이 남의 간을 빼먹고도 호의호식하며 살았다는 걸 보면 세상이란 원래 인간생존의 적합성에서 빗나간 곳인지도 모른다.

혼자서 비분강개하고 있는데 어느덧 지하철은 종점인 장산역에 이르렀다. 늦은 밤이건만 내리는 사람이 제법 있었다. 나는 8번 출구로 나간다. 늘 다니는 곳이건만 어쩐지 썰렁했다. 순간 오싹해졌다. 뫼비우스의 띠처럼 끝없이 8번 창구를 돌았건만 갑자기 낯선 곳 같았다. 문득 지하철 범죄가 생각났다. 섬뜩한 생각이 들었다.

며칠 전 저녁을 먹고 친구와 헤어져 토성동역에서 지하철을 탄 일이 있다. 바로 그 역의 으슥한 통로를 지나던 50대 한 명이 십 대 두 명으로부터 이유 없는 집단구타를 당했다. 다리를 걸어버리는 바람에 피해자는 아무 저항도 못 한 채 키대로 딱딱한 길바닥에 쓰러졌다. 머리가 땅에 부딪히면서 정신을 잃은 그는 주머니를 털려도 몰랐다. 역무원이 CCTV를 보고 경찰에 알려 범인은 현장에서 멀지 않은 곳에서 잡혔다. 그러나 피해자는 넘어지면서 뇌를 다쳐 기억상실이 되고 말았다.

자신의 집은 사고현장에서 떨어진 곳, 내가 살고 있는 해운대에 있었다. 그런 그가 왜 토성동역까지 갔는지, 어쩌다가 맞았는지, 어떻게 맞았는지 기억이 없기 때문에 그때의 상황을 말할 수조차 없었다. 그 사람은 어쩌면 나를 대신해서 그런 봉변을 당했는지도 알 수 없었다.

그 사건을 머리에 떠올리자 갑자기 전신이 으스스해졌다. 장산역에서 밖으로 나오던 나는 걸음걸이를 늦추며 출구와 연결된 회랑 주위를 휘 둘러보았다. 밤이 늦어서 그런지 오가는 사람 가운데 나보다 나이가 많은 사람은 눈에 띄지 않았다.

8번 출구는 동북쪽에 있다. 지하철을 타고 내릴 때는 언제나 이 출입구의 높은 계단을 오르내린다. 볼 것 못 볼 것이 넘치는 위험의 수렁을 오르내리고 있었던 것이다. 토성동역에서 있었던 끔찍했던 사건이 새삼 머리에서 되살아났다.

좌우를 한번 휘 둘러본 뒤 출구의 계단을 하나씩 올랐다. 낮에는 입구였던 바로 그 출구다. 숨차게 다 올라와서 밖으로 나섰다. 자정이 넘었는데도 주위는 화안했다. 집까지는 휘이휘이 걸어도 이십 분이 채 걸리지 않는다. 걷는 게 건강에 좋다니 여느 때처럼 걸어갈까 생각했다. 그러나 막상 출구를 빠져나와 보행로에 올라서니 뭔가 알 수 없는 께름칙함이 전신에 엉겨 붙는다.

택시를 타고 집으로 가야지. 주위를 살펴봤다. 가까운 거리라고 기사가 툴툴거리지 않을까. 마을버스는 이미 끊겼으니 비싼 차비가 아깝지만 택시를 타야지.

택시를 기다리는데 바람 끝이 싸늘하다. 인터넷에 떠돌던 중국에서 일어났다는 또 다른 끔찍한 사건이 기억 속에서 되살아난다. 서면의 그 충격적인 장면이 지워지지 않아서인지 세상이 참 무섭다는 생각이 다시금 머리를 누른다.

중국의 어느 시골길을 달리던 시외버스가 멎었다. 험악하게 생긴 건달 두 명이 탔다. 그들은 승객 가운데 예쁘장하게 생긴 젊은 여자 한 명을 희롱하기 시작했다. 그러나 40명에 이르는 승객들은 하나같이 이 사건을 못 본 척하고만 있었다.

급기야 건달들은 운전사에게 달리는 버스를 세우라고 요구했다. 이를 거절하자 그들은 운전사에게 반죽음이 되도록 테러를 가했다. 차가 멎자 예쁘장한 그 젊은 여자를 끌어내려 풀밭에서 교대로 성폭행을 했다. 그래도 버스 안의 수많은 남자들은 이 장면을 곁눈질로 구경만 하고 있을 뿐 아무도 구조에 나서지 않았다.

이때 보다 못한 한 청년이 차에서 내려 건달들과 싸웠다. 청년의 몸놀림이 민첩해 보이자 건달들은 칼로 청년의 전신을 찔러 중상을

227

입힌 뒤 달아나버렸다. 이틈을 이용해서 피해 여성은 옷을 고쳐 입고 아무 말도 없이 돌아와 버스에 올랐다. 승객들은 측은하게 그 여자를 바라보기는 했지만 아무 말이 없었다.

심하게 맞은 운전사는 운전을 할 수 없었다. 피해 여성이 운전석에 앉았다. 시동을 걸고 막 출발하려는데 여인을 구하려다 범인들에게 피투성이가 된 청년이 엉금엉금 기어와 버스를 타려고 했다. 여자는 반쯤 열린 버스의 문틈을 향해 "왜 남의 일에 참견하시는 겁니까?" 화난 듯 큰 소리로 엉뚱한 한마디를 하고는 문을 닫아버렸다. 그리고 출발해버렸다.

청년은 상처투성이 몸으로 절룩거리며 목적지를 향했다. 얼마가지 않은 중간에서 자동차 추락사고 현장을 목격했다. 교통통제와 사고처리를 위해 현장에 나와 있던 공안(경찰)이 절룩이며 걸어온 청년에게 버스가 천 길 낭떠러지로 떨어져 승객 모두가 사망했다고 전했다. 그리고 다음 차가 오면 탈 수 있도록 도와주겠다고 했다.

다음 차를 기다리던 청년은 벼랑 아래를 내려다보고 깜짝 놀랐다. 승객이 몰살됐다고 하는 박살 난 버스는 조금 전 만신창이가 된 채 여자가 몰고 갔던 바로 그 버스다. 청년을 태워주지 않았던 것은 다른 사람들은 죽어도 싸지만, 청년은 아직 죽어서는 안 될 사람이라고 생각해서 버스를 태워주지 않고 떠났던 것일까.

무서운 생각을 쫓기라도 하듯 나는 다시 머리를 흔들었다. 그래도 갈피 없는 생각이 가닥 없이 뒤섞인다. 택시가 오기를 기다리고 있는데 이번에는 느닷없이 성경에 있다는 고사가 생각났다. 선한 사마리안 이야기다.

예루살렘에서 예리고라는 곳으로 가던 사람이 강도상해 사건을 당했다. 제사장은 이 사건을 못 본 척 그냥 지나갔다. 그런데 뜻밖에도 유대인들에게 멸시당하면서 사는 사마리아 사람이 피해자를 구해주었다. 예수에게 어려움에 빠진 사람을 도와줄 수 있는 진정으로 선한 사람이 누구냐고 목격자가 물었다.

그는 하느님께 제사 지내는 잘난 사람이 아니라, 참으로 어려움에 봉착한 사람을 구해줄 줄 아는 사람이 선한 사람이라고 했다. 불경에서도 천수관음의 구원 손길이나 지장보살의 구원 손길에 관한 얘기는 있다. 위기, 어려움에 봉착한 사람은 어떻게든 구조돼야 한다. 그러나 현실은 경전과는 다르다. 사람 사는 세상은 이상향이 아니다. 아무 지은 죄 없이 누구나 봉변을 당할 수도 있는 곳이다. 봉변은 남의 일이 아니고 자신의 일일 수도 있다.

멍하게 서 있는데 어디서 나타났는지 택시가 내 앞에서 멈춘다. 타면서 내가 사는 아파트 이름을 댔다. 기사는 "예!" 라면서 택시를 출발시켰다. 그는 멍하게 서 있는 사람을 보고도 택시를 탈 사람인지 아닌지를 금방 꿰뚫어 본다.

그런데 나는 사람을 한참 보고도 그 심성을 도무지 헤아리지 못한다. 겉만 보고는 선한 사람인지 악한 사람인지 분별하지 못한다. 밤늦은 지하철 안의 가해자와 피해자, 누가 진짜 가해자이고 진짜 피해자인가.

집으로 가는 길은 밝았다. 밝으면 잠을 못 자고 계속 알을 낳는 닭처럼 사람도 세상이 너무 밝아 악을 계속 낳게 되는 것은 아닐까. 그것을 막기 위해서는 모두에게 어두운 밤이 있어야 할 것이 아닌가.

어두운 것이 좋아서 사람들은 색안경을 끼게 됐다. 그런 목적의 색안경은 익명성을 보장해 준다. 그 익명성 뒤에서 음흉한 사람들은 범죄를 저지른다. 남이 모르니까 무서워하지도 않고 보고도 못 본 척 방관자가 되기도 한다. 가끔은 나도 그랬다.

내가 끼고 살아온 안경은 맹인용이었을까, 아니면 깨진 안경이었을까.

epilogue —

왜 쓰는가

정년도 이미 십수 년 전에 했다. 나이도 어지간하다. 그런데 편히 살지 않고 왜 힘들게 소설을 쓰느냐고 묻는 사람들이 있다. 틀린 질문은 아니다. 나는 80대의 신인 소설가다. 그래서 그런지 원고를 청탁하는 곳도, 또 출판을 해 주겠다고 나서는 곳도 별로 없는 작가다. 그래도 부지런히 소설을 쓰고 있다.

왜 쓰느냐는 질문에 대한 나의 대답은 간단하다. 젊었을 때부터 소설을 쓰고 싶었기 때문이다. 그래서 쓴다. 그리고 오래 산 것이 작가로서 글을 쓰는데 결코 장애요인이 될 수는 없다고 생각한다. 평소 나의 그런 생각이 허황한 믿음만은 아니리라는 것을 스스로 증명해 보이고 싶어서 밤잠을 설친다.

정년만 되면 스스로 영감이 되었다고 생각하는 사람을 자주 본다. 그런 사람은 스스로 현장 뒤로 물러앉는 사람이 된다. 생각이 사람의 행동을 지배하고 그 결과는 그에게 생기를 잃어버리게 한다. '틀딱이 뭘 하겠냐'고 하면서 할 수 있는 일까지 단념하는 것은 딱한 노릇이 아닐 수 없다. 할 수 없다고 생각하는 사람은 할 수 있는 일까지도 하지 않게 된다. 나는 그런 늪에 빠지기 싫었다.

소설가가 되는 것은 고교시절부터 나의 로망이었다. 그러나 사회생활을 시작하면서 직장 일에 함몰되지 않을 수 없었다. 권솔을 책임져야 하는 가장이기 때문이었다. 특히 대학에서 일할 때는 강의에 충실해야 했다. 그러면서 학생활동의 지도교수 노릇도 해야 했다. 시간이 허락하는 범위 안에서 더 많은 연구서를 읽어야 했고 논문을 쓰고 발표해야 했다. 그러면서 쓰고 싶었던 소설을 쓴다는 것은 생각할 수 없었다. 그래서 하고 싶었던 일을 눌러놓고 있었던 것이다.

정년을 맞자 비로소 내가 하고 싶었던 일을 할 수 있는 시간이 주어졌다. 그것은 결코 빈둥거려도 좋을 자유의 시간이 아니었다. 늙었다고 움츠리지 말고, 움츠려 시들지 말고 하고 싶은 일을 해 보자 - 이것이 내가 늦깎이 소설가가 된 이유다. 나이 좀 들었다고 팔짱 끼고 뒤로 물러나 앉아 있는 일은 옳은 일이 아니지 않는가.

20대의 감성이 내게서 여려진 것은 분명하다. 부정하지 않는다. 그러나 20대는 결코 겪을 수 없는 경험이 내게는 있다. 글을 쓰는 데 그것은 훌륭한 밑천이 되고 도움이 된다. 소설은 범박하게 말해 우리가 경험했고 또 상상할 수 있는 것을 문자로 그려내는 것에 다름 아니라고 생각한다. 이 나이가 되면 그런 점에서 나이는 비교우위의 강점이 있다는 생각이 들게 한다. 경험했던 일에 허구의 옷을 입혀 그것으로 사람을 감동하게 한다면 얼마나 보람 있는 일이겠는가. 그러나 소설가가 되는 것은 쉽지 않았다. 소설을 쓰는 것보다

소설가가 되는 것이 우리나라에서는 더 어려웠다. 소설가라는 명찰을 달지 않으면 누구로부터도 작가로 인정받기 더 어려웠기 때문이다. 그렇기 때문에 어디에도 발표할 지면을 얻을 수 없었다. 발표 지면이 없는 작가라는 이유로 원고를 책상 서랍 안에 넣어두기 위해 글을 쓸 것인가. 그렇지는 않다.

세계적인 명작 소설 『바람과 함께 사라지다』는 마가렛 미첼의 작품이다. 그녀는 무명작가였다. 그러나 불후의 명작을 남겼다. 오늘 우리 문단의 현실은 결코 마가렛 미첼과 같은 작가의 탄생을 기대할 수 없다. 제도와 관념이 그렇게 만들고 있다. 문단이나 출판계는 이런 문제를 심각하게 생각하지도 않고 기울어진 운동장을 고쳐볼 생각마저도 하지 않는다.

작품의 질은 뒤에 평가받기로 하고 우선 나는 작가의 명찰부터 달아야겠다는 생각을 했다. 발표 지면을 얻기 위해 제도와 타협한 것이다. 첫술에 배부를 일은 만무하고, 우선 자기 단련을 위해서라도 명찰은 필요했다.

여기저기 신인문학상에 응모해 보았다. 응모 요강에서 '미래의 우리 문단을 이끌고 갈 야망 찬 젊은 작가'라고 응모자격을 한정하고 있는 곳도 있었다. 그런 곳에는 우선 응모할 자격조차 없었다. 그런 조건을 붙이지 않은 몇 군데 잡지의 신인 문학상에 응모해 보았다. 칠전팔기, 간신히 한 문학잡지의 신인문학상 관문을 턱걸이로 통과해 작가 명찰을 달 수 있게 되었다.

명찰을 달고 난 뒤 70에 능참봉(陵參奉)이란 생각이 들어 얼마쯤은 허탈했다. 참봉 벼슬은 종9품으로 조선시대 관직의 최하위 품계다. 그것도 능이나 지키는 참봉이 능참봉이다. 능이나 지키는 일이거나 말거나 작가로서 참봉 벼슬이나마 얻게 되었으니 그것만으로도 얼마나 다행스러운 일인가.

작가의 명찰을 달고 단편소설을 열심히 썼다. 노인 문제와 성폭력 문제 등 노령화 사회에서 심각하게 대두되고 있는 사회성 강한 작품을 여러 편 썼다. 그것을 여기저기 지면이 주어지는 대로 발표했다. 젊은 날 내가 경험했던 다른 것도 작품의 소재가 되었다. 그런 것들을 엮어 이번에 단편 소설집을 내게 되었다. 기쁜 일이 아닐 수 없다. 뒷방에 앉아만 있었다면 나의 노년기는 낡고 시들어버린 양상 외에 무엇이 있겠는가.

2년 전에는 장편소설도 한 편 출간했다. 운 좋게도 부산에서 가장 큰 서점, 영광도서에서 여러 번 베스트셀러 순위에 올랐던 일도 있다. 그리고 3쇄까지 찍었다. 책을 팔아 부자가 될 생각을 하는 것은 아니지만, 팔리지 않는 것보다는 훨씬 기분 좋은 일이었다. 그 좋은 기분이 용기로 바뀌어 틈나는 대로 작품을 계속 쓸 수 있게 해주었다. 이것만으로도 나의 만년은 얼마나 즐겁고 행복한가.

나에게 왜 소설을 쓰느냐고 묻는다면 쓰는 것이 재미있어서 그런다고 대답할 것이다. 그래도 또 묻는다면 돌아가는 기계보다 서 있는 기계가 더 빨리 녹슨다고, 그래서 녹슨 인생을 살지 않기 위해 쓴다고 대답할 것이다. 그래도 재차 묻는다면 헤밍웨이의 『노인과 바다』에서 대미를 이루고 있는 주인공 산티아고의 명구 '인간은 파괴될 수 있어도 패배할 수는 없다(A man can be destroyed, but not defeated.)'는 말을 들려주고 싶다.

2019년 늦여름

강남주

따로 쓰게 된 방

ⓒ 2019, 강남주   Aléa 1

지은이	강남주
초판 1쇄 발행	2019년 09월 27일
펴낸곳	두두
펴낸이	윤진경
기획편집위원	박형준 · 장현정 · 차선일
편집	박정오
디자인	최효선
마케팅	최문섭
등록	2018년 04월 11일(제2018-000005호)
주소	부산 수영구 광안해변로 294번길 24 지하1층
전화	070-7701-4675
팩스	0505-510-4675
전자우편	doodoobooks@naver.com

Published in Korea by DooDoo Publishing Co, Busan.
Registration No. 2018-000005.
First press export edition September, 2019.
Author Kang Nam Chu
ISBN 979-11-964562-3-8   03810

※ 가격은 겉표지에 표시되어 있습니다.

※ 이 책에 실린 글과 이미지는 저자와 출판사의 허락 없이 사용할 수 없습니다.

※ 도서출판 두두는 지속가능한 환경과 생태를 위해 재생 가능한 종이를
   사용해 책을 만듭니다.

이 도서의 국립중앙도서관 출판예정도서목록(CIP)은 서지정보유통지원시스
템 홈페이지(http://seoji.nl.go.kr)와 국가자료공동목록시스템(http://www.
nl.go.kr/kolisnet)에서 이용하실 수 있습니다. (CIP제어번호: CIP2019033510)